微阅读
WEI YUEDU
1+1工程
1+1 GONGCHENG 第五辑

小棉袄老棉袄

袁省梅

百花洲文艺出版社
BAIHUAZHOU LITERATURE AND ART PRESS

图书在版编目（CIP）数据

小棉袄老棉袄／袁省梅著．—南昌：百花洲文艺
出版社，2014.9
（微阅读1＋1工程）
ISBN 978－7－5500－1074－1

Ⅰ.①小… Ⅱ.①袁… Ⅲ.①小小说—小说集—中国
—当代 Ⅳ.①I247.8

中国版本图书馆 CIP 数据核字（2014）第 200922 号

小棉袄老棉袄

袁省梅　著

出　版　人：姚雪雪
组稿编辑：陈永林
责任编辑：赵　霞　钟莉君
出　　　版：百花洲文艺出版社
发行单位：全国新华书店
印　　　刷：北京一鑫印务有限责任公司
开　　　本：787mm×1092mm　1/16
印　　　张：12
版　　　次：2015 年 3 月第 1 版
印　　　次：2015 年 3 月第 1 次印刷
字　　　数：128 千字
书　　　号：ISBN 978－7－5500－1074－1
定　　　价：20.00 元

赣版权登字：05－2015－12
邮购联系：0791－86895108
网址：http://www.bhzwy.com
图书若有印装错误，影响阅读，可向承印厂联系调换。

前　言

　　以"极短的篇幅包容极大的思想"，才能够以小胜大，经过读者的阅读，碰撞出思想的火花，震撼人的心灵。正因为这样，微型小说成为一种充满了幽默智慧、充满了空灵巧妙的独特文体。

　　如果说在二十一世纪的头一个十年，是互联网大大改变了我们的生活，那么在我们正在经历的第二个十年里，手机将更为巨大地改变我们的生活。如今，以智能手机为平台，正在构成一个巨大的阅读平台。一种新的阅读方式正不知不觉地走进大众的生活。一个新的名词就此产生，它便是"微阅读"。微阅读，是一种借短消息、网络和短文体生存的阅读方式。微阅读是阅读领域的快餐，口袋书、手机报、微博，都代表微阅读。等车时，习惯拿出手机看新闻；走路时，喜欢戴上耳机"听"小说；陪人逛街，看电子书打发等待的时间。如果有这些行为，那说明你已在不知不觉中成为"微阅读"的忠实执行者了。让我们对微型小说前景充满信心和期待的是，微型小说在微阅读的浪潮中担当着极为重要的"源头活水"。

肩负着繁荣中国微型小说创作、促进这一文体进一步健康发展的责任和使命，微型小说选刊杂志社推出了"微阅读1+1工程"系列丛书。这套书由一百个当代中国微型小说作家的个人自选集组成，是微型小说选刊杂志社的一项以"打造文体，推出作家，奉献精品"为目的的微型小说重点工程。相信这套书的出版，对于促进微型小说文体的进一步推广和传播，对于激励微型小说作家的创作热情，对于微型小说这一文体与新媒体的进一步结合，将有着极为重要的作用和意义。

编者

2014年9月

目 录

 # 工地上的女人

太阳白亮。

女人正在工地上筛沙子时，手机响了。女人没看。工地上活儿催得紧。手机在裤兜里呜呜啦啦自顾唱了一会，停了。

女人筛了一堆沙子，又吭吭地抱起一袋水泥，呼咚倒进搅拌机，一咕咚灰雾噗地扬起，罩了女人的脸。女人把沙子和水加进去，开了搅拌机。还未喘息一下，空中又催喊着要搅好的灰。女人推过吊下的平车，倒上搅拌机里的水泥灰，推过去，挂上挂钩。平车晃了晃，簌簌地上去了。

女人又开始筛沙子抱水泥袋子……

女人干枯蓬乱的头发，裹了白的灰的尘。女人紫红黑糙的脸上，裹了白的灰的尘。女人全身上下不知裹了多少层白的灰的尘。

白亮的太阳下，女人疲惫，乏困，可女人一时半刻都不能停歇。女人跟工地上的铁锹和搅拌机一样，不能停歇；跟上来下去运送和好的水泥灰平车一样，不能停歇。工地上的每个人都不能停歇。

中午要收工时，手机又响了。

是儿子打来的。

女人听着儿子叽叽咯咯鸟儿一样说个不停，就呵呵笑。女人挂着铁锹，看着工地不远处的街上人流车流，眼里就雾开了。女人干活的工地就在儿子大学的城市。

女人问儿子吃了没？女人叮嘱儿子吃好。女人说好赖饭要吃饱，正长哩，别挑三挑四的。儿子问女人在干啥？女人说在你二婶门楼下坐着呢。女人说你二婶家的这个门楼大，深，凉快。女人说，门楼里还坐着你花嫂子和五奶奶，你五奶奶看着你小叔的娃，娃跟你小时一样，趴在

门洞的青石板上玩石子，一玩一个上午，可听话。儿子要跟小叔的孩子说话。女人说改天吧，刚跑出去。

女人突然停了话，看看日头，说不是说好晚上十点以后打电话便宜吗？儿子说放暑假了，不回去，在学校附近找好了工作，家教，主家住十一楼，宽展，干净，各个屋子都有空调电视。女人又呵呵地笑，嘱咐儿子要懂事要有眼色，勤快，不要乱动人家的东西，不要跟人家讲工钱，那么好的条件。儿子说好。女人说没事就挂了吧。儿子说好。

晚上，女人躺在工地上青砖临时搭建的房里，睡不着，胳膊腿散架了般，各是各的了。地上的电扇呼啦啦响得欢实、热闹，热也不见得减。女人又想跟儿子说说话，就把电话打了过去。儿子的手机却关机了。

女人悻悻地骂了句这孩子。想着儿子或许正辅导人家孩子功课，女人乐了。宽展展的屋子，干净，有空调，有电视，多好。女人又骂了句这孩子，翻翻身，睡了。

第二天，女人跟管伙食的赵头去菜市场买菜。女人央求赵头开车到儿子的学校边看看，说不定正好能看见儿子。女人说，就看一眼，不让他知道我在工地干活。赵头说，明天吧，明天早点走。

车到一个工地边，赵头下去办事。女人坐在车里，看见这个工地上在建一栋楼，干活的人少。远处有个人在推沙子，瘦溜溜的个子，黑的头发乱糟糟地扭结在一起，灰的 T 恤被风吹起来了，背上鼓起一个大包。是个孩子。女人心说。女人看见那孩子背弓着，腿曲着，吃力地推着一车沙。女人知道，那一车沙分量不轻。女人就想起了儿子。女人的嘴角扯了扯，心里却笑了。女人又想给儿子打电话。她就把电话打了过去。

儿子果然在宽展展的屋子，吹着空调。

女人跟儿子说着话，给儿子讲工地上推沙子的孩子。儿子问她在哪？女人说，赶集哩，路边上有个工地。女人说，羊凹岭的集，你知道，逢一五日子。儿子说，天热，不要找活儿干了。女人说，不干了，这热的天，坐着都冒汗，哪能干活？儿子说，天凉也不要出去干活了，你身体不好。女人说好，就坐家享福。女人说挂了吧，集上人多车多，听不清楚。儿子说好。

女人挂了电话，眼里还湿着。女人说，儿子长大了，他爸要是在，多好。女人想起推沙子的孩子，突然想给那孩子买瓶饮料，或者冰激凌，或者一个西瓜。女人真的跑到市场买了一瓶饮料一个冰激凌一个西瓜，红红绿绿水水淋淋的提了一袋。

可是，她找不到那孩子了。工地上的人说可能上厕所去了，让她等等。工地上的人告诉女人，那孩子是附近大学里的学生，找了份家教工作，嫌工资低，说问来问去就是工地上工资高，就跑来了。说那孩子说他没有爸，妈身体不好，他得把下学期的学费挣下。

女人的心呼噜跳得纷乱，把袋子给那孩子留下，匆匆地跑去市场找赵头了。她心里，好像是有点害怕见到那孩子。想起明天赵头就能带她去看儿子，她又掏摸出一张票子，给赵头买了一瓶饮料。

工地开满花

　　赵头一早起来就不高兴了。赵头是工地的厨子。他一不高兴，就把锅碗瓢盆弄出很大动静，咣，咚，嘭嚓，一声赶着一声，在厨房里炸响。蹲在地上剥蒜的黑女人抬头看一下赵头，看一下赵头手里的铁勺把大片锅磕打得咣咣响，她扁扁嘴，没说话。

　　赵头就是生这黑女人的气。

　　前天赵头给工头老李说吃饭人眼瞅着一天比一天多了，得找个帮灶的。

　　可老李带来好几个人，都是挨不过两天，就让赵头呵斥着走了。老李知道赵头心里有事，不跟他计较，就再找了这个女人帮厨。赵头看了一眼黑黑瘦瘦身单力薄的女人，火气候地就顶到了脑门。工地上虽说人不是太多，但二三十个人都是能吃饭的主儿，找这么个黑瘦的女人来，除了能扒葱剥蒜还能干啥？

　　老李在盆子里捡一块豆腐扔嘴里，叫赵头别小看人，说人家在大食堂大饭店干过。老李说着就拿下巴努了努黑女人，悄悄地对赵头说再找，有了合适的就辞了这个。

　　赵头气哼哼地咽了口唾沫，看那黑女人踮脚耸肩地揉面，一双黑瘦的鸡爪般的手像是在揉胶泥般，脸都涨得红紫了，面团还是没揉出个样来。赵头哼哼着扯过面团，黑下眉眼催黑女人切南瓜去，南瓜炖粉条子，说眼瞅着晌午了，人一下工，就要吃饭。

　　黑女人抱起一个南瓜，放在案板上，嚓一刀，嚓一刀，很费力的样子。老赵的馒头上笼屉了，一大块肉也切完了，南瓜还在黑女人的手下滚。老赵气得夺过南瓜，噌噌地切着。切着，又责骂起了黑女人，你咋这么笨？连个南瓜也切不了？你说你到底在大食堂干过没？是在大食堂扫地擦桌子的吧?

黑女人不好意思地笑笑,真的跑去扫地刷洗桌子去了。

馒头和稀饭熟了,菜也咕嘟咕嘟炖上了。赵头喘口气,白了还在擦桌子的黑女人一眼,叫她不要擦,说那些人不讲究,就是让他们坐茅坑边吃饭也香。黑女人呵呵地笑,头也不抬地说,你才说错了,哪个人不喜欢个干净好看?

赵头瞥了黑女人一眼,心说还得赶紧催催老李找人,这黑女人,不行。

四月的天空,没了前些日子的灰蒙,透出的是清明的瓦蓝。一只鸟儿啾叫一声,清脆脆的。赵头看着越飞越高的鸟儿,想,她们在老家还好吗?这么好的天,她们在干啥呢?若是她们正好也抬头看天,也能看见那只鸟儿吗?这样想时,赵头竟有些激动,仰着的头就不舍得低一下,直看得他眼睛生疼了还在看——以前,媳妇跟他在一起,女儿在老家上学。可是没想到女儿坐的校车翻了,女儿的腿断了……

突然,咣的一声吓了赵头一跳。赵头回头就看见黑女人给厨房门边摆下好几个破盆烂罐,还有两个工地上扔下的装水泥的胶皮桶。

赵头没好气地问她在干啥。

黑女人呵呵地笑说,栽个花。

赵头哼了一声,栽啥花呀栽?工地上又不是花园。

黑女人呵呵地笑,就是工地上没个看头才栽几盆花哩,这么好的天气。

赵头发现黑女人真能笑,动不动就呵呵地笑,责骂她时也是呵呵地笑。赵头想起了媳妇也爱笑。女儿残疾后,就很少听到媳妇的笑了。他也笑不出来了。他觉得自己的日子就跟那板结的土地一样,没了一丝喘息的缝隙。赵头蹲在门口抽烟,黑个脸茫然地看着高远的天空,看也不看黑女人一眼。

黑女人不在乎赵头看不看她,呵呵笑着给赵头叨叨,这是指甲草,这是夜来香,这是吊线线花,这是蜀葵。

赵头不吭气。

黑女人说,人活着就得跟这花儿一样可着劲长,你说对不赵头?这就是心劲。人活着还不就是活个心劲?

赵头的心里嗯了一声，可还是没吭气。

黑女人说，我就喜欢栽个草种个花，看着这些个花花草草我就忘了日子里的那些烦心事，我就有了心劲，我就觉得这日子呀会好起来。黑女人说，哪个日子好过哩？还不都是想法子给心豁个缝儿，让心透个气儿，你说对不赵头？

赵头还是没吭声，蹲在食堂门口，盯着那些破盆烂罐里的花儿一棵赛一棵长得旺势，红的黄的开得繁茂时，他的眼里心里觉得暖暖的东西在流淌，烟火烧到手指头了，才慌慌地捽了。

端午节快到时，老李来到厨房，告诉赵头吩咐黑女人明个不要来了，找到人了。

赵头看一眼厨房门前的十多盆花儿在瓦蓝的天空下，郁郁葱葱，花团锦簇，说，算了吧，都熟人了。

只是那黑女人干活儿还是叫赵头头疼，动不动的，赵头就高声大嗓门地斥责她骂她笨。黑女人不吭气，嘿嘿地笑。笑得赵头也没了脾气，也跟着嘿嘿笑。

 # 音乐会

天黑时，工地西北角的小房子亮起了灯。黄亮的一个小窗户，在大片的黑里，突兀，孤单。月亮照下来，风很静。吱扭一声，黑里切下方的一块亮，一个人影嵌在亮里，也不关门，就从亮里一跌一跌地到黑里去了。

为啥不能？他也不给你工资。女人硬邦邦的话棍子般追了过来。

人家叫我看守，我倒倒卖钢筋？手里晃着个手电筒，夜的空中划出来几道白线，纷纷乱。

建的半截的楼房，突然叫停了。工头照顾他，叫他留下看守工地，说是工钱按小工的算。他没说话。说什么呢？拉着一条坏腿，出了这个工地，连一份小工的钱也挣不来。媳妇为了照顾他，扯着孩子扛着锅碗也来了。可是，媳妇在城里找不到活。也不是没有。都不合适。家里有他和孩子啊。媳妇就推个车子收破烂捡破烂，说还是收破烂自由些。他知道，是他拖累了媳妇。只是媳妇一天下来也挣不了几个。黑里，他听见媳妇又嘀咕，要不，把孩子送村里幼儿园，钱少。

明明的，不舍得跟孩子分开，还这样说。他没吭气，跌着脚，绕着工地看。工地上一团白亮的光也踉踉跄跄的。

倏地，黑里响起了敲击声。先是轻一下重一下，好像是，调试乐器。然后，钢钢的声音有节奏地响了起来，《月儿光光照四方》的调子。接着，歌声响了。宽厚的男中音，温润，柔曼，很抒情了。接着是《我有一头小毛驴》。调子一下明亮了起来，也欢喜，也顽皮，兴奋奋的模样。小屋门口的那片黄亮里，孩子也唱，拍着手，跺着脚，"我有一头小毛驴，我从来也不骑……"孩子叫妈妈也唱，妈妈不唱。妈妈说，唱，唱，就知道唱，能唱出钱啊唱。

分明地，他听见了女人的抱怨，咔嚓，歌声齐刷刷地断了，如正在生长的庄稼，露出了白生生的断口，心，莫名地就慌了。钢钢的敲击声就低沉了下去，小心，沉重，又不甘心，钢钢钢钢……

别敲了，想想明天咋办吧。

一时半刻的，那钢钢声沉默了。一会儿，从黑里闪出一柱亮光，天上地下地乱照，笔般嗖嗖地划下一道道纷乱乱的线。

要我说，卖上几根钢筋，收破烂的老王说给高价。

黑里，钢钢钢的敲打声又高了，凌厉，倔强，又恼火。

那咋办？孩子上幼儿园要好几千。

钢钢的声音还在响，分明的，又衰弱了下去。突然，黑里亮起了一声歌："我要飞得更高……"以前，他是工地上的"歌王"。手里的活儿一旦松下，嘴里就唱开了。有时，手上的瓦刀青砖玩具般翩飞着，也唱。站在高高的架子上，《春天里》、《我要飞得更高》、《今天是个好日子》……一首接一首地唱。架上的地上的人们，听着他唱，也跟着唱。工地上尘灰飞舞，机器轰鸣，歌声却掩不住，活泼泼地四处飞溅。有时，也累，不想唱。可是，工友们不干，吆喝他唱。他撇撇嘴，咬咬牙，要把乏累、烦恼咬碎嚼烂吞下般，旋即，瓦刀咣咣地敲到砖上瓦上钢管上，歌声跟着就飞了起来。工友们说他的歌声就是兴奋剂，说，一听到你的歌，就不乏了，就觉得这日子他妈的还挺有意思。

黑里，哑哑地笑了，手电光在空中倏地劈下白亮的一道，钢钢的声音又在工地上响了起来："可当初的我是那么快乐，虽然只有一把破木吉他，在街上在桥下在田野中，唱着那无人问津的歌谣……"

黑里，竟有人跟着他一起唱。而且，不是一个人的声音。他敲击着两小段钢筋棍子，向门口走去。手电筒在胸前呼嗵呼嗵地乱跳，工地上这儿那儿划下一道道花的光影。

门口围拢了好多人。一问，是附近工地的。他们敲着门的铁栏杆，咣咣咣，钢钢钢，山呼海啸般地吼："如果有一天，我老无所依，请把我留在那时光里……"

晦明里，门里门外的人们，唱完一首，就要哈哈大笑一阵。门外的人说，看咱这音乐会，高级。

凉气下了，门外的人才踩着满地的月花，说笑着回工地睡觉去了。

走了没几步，又回头喊，明晚，唱不？

他拿着手电筒在空中嗖嗖地划着，吼了声，唱！回头，媳妇站在月下，脸上湿亮，不说话。他一下软了，跌过去，拥着媳妇，低低地说，是那些人叫唤，才唱的。

媳妇不理他的话，只问，明天咋办？

送孩子上幼儿园。

钱呢？

一时就静默了。

照我说，卖上几根钢筋，也不妨事，反正，他们也欠着咱工钱，再说，这么大个工地，也没数。

穷疯了啊你。撇下媳妇，他顾自把一束光在黑里划着，看媳妇不吭声，又说，我想法子，你，别急。声音软软的，举着个手电筒，又去巡视工地了。

工地上，亮起了一片一片的光，跌跌撞撞得乱跳。

到北京去

　　应人啥时候叫我去北京呢？他真会叫我去看天安门吗？

　　张二蛋拄着拐棍一脚高一脚低地跌了一路，也想了一路的北京。到街上时，王欢喜的钉鞋摊都摆开了。张二蛋坐下，抱着一只皮鞋要修理时，又想起了北京。张二蛋没去过北京。他最远就到过太原，是跟着大哥去太原一个工地上干活。大哥答应他挣下钱就叫他去北京逛。可就是在太原的街上，一辆飞速奔跑的黑车黑鸟般扑向张二蛋。张二蛋没想到好好的时候都没有去北京，腿坏了倒有了机会。

　　前天，应人把张二蛋和其他几个残疾人叫到厂里。应人已经叫过张二蛋他们好几次了，每次，都是因为上头来人检查。每次，应人都要给他们两盒烟或者五块十块钱。应人开纸厂时，还要走了他们的残疾人证，说是用一下，用完马上就还。那次应人给他们一人二十块钱。他们不好意思接钱，说就是用一下，又没少了啥。应人叫他们拿上，说亏哪个也不能亏了你们。张二蛋他们都觉得应人不错，好人，有良心。用一下证证有啥？放屋里又生不下一分钱。他们还希望应人能多用几次多给他们发几次钱呢。后来，应人没有用证证，上边来人了，就叫他们到厂子待一会儿。交代他们若有人问，就说在厂子里干活。待一会，说一两句话，就能挣两盒烟、十块钱。多好的事。

　　张二蛋没想到前天检查组刚走，应人就对他们说，等着有时间，我带你们逛北京看天安门去。

　　张二蛋梆梆地钉着钉子，扭脸叫王欢喜，说叔你去过北京吗？

　　王欢喜一双黑糙的手在空中舞弄，嘎嘎笑着说，你咋不问你叔去过美国登过月球没？

　　张二蛋嘿嘿笑着，抱着怀里要钉的鞋，眼前却一幻一幻地闪现了天安门故宫长城……张二蛋心说，不到长城非好汉，要到了北京，咋说也得上上长城，哪怕爬着呢也要上，还有颐和园天坛，都要去看看。

王欢喜大着嗓门问他是不是想去北京？说你一个臭钉鞋的是想把钉鞋摊摆到天安门？

张二蛋嘿嘿笑着，捡起一只鞋要钉时，手机响了，是应人打来的，叫他来厂子。张二蛋心说肯定是说去北京的事了，他就吩咐王欢喜招呼一下他的摊子，夹着拐杖也不听王欢喜问他去哪儿就走了。

一路上，张二蛋都在盘算着到北京要看啥看啥，一会儿又想着去时要穿得像样可不能叫人笑话，七七八八地想了一大堆，欢喜得一脚一脚蹦得飞快。

在厂门口，张二蛋碰见了原叶子和刘世强，一会儿又来了好几个残疾人。一见面，大家都高兴地问是不是说去北京的事了。说起北京，每个人好像都有话说了，叽叽嘎嘎地笑时，一辆车开进了厂子。应人从车上下来，叫他们都进会议室。

应人给他们一人塞一盒烟，说一会儿问话，该说的说不该说的你们一个字也不能说。

应人叫技术员给他们讲生产流程讲规章制度讲安全措施……张二蛋听一遍没记住，再听一遍还是模糊，叫技术员再说一遍，还没记住一条，检查的人已呼啦啦来了。

是税务局的人。

他们问张二蛋纸厂的生产流程规章制度，张二蛋磕磕绊绊一个也答不上来。他们又问张二蛋在纸厂干了多长时间，有没有跟应人签订用工合同，张二蛋一下就懵了。

他们说，国家对残疾人再就业也有优惠政策，你知道不？

张二蛋说这个我办残疾证时听说过，是免收营业税，还减少个人所得税是吧，还有一些照顾我忘了。

他们说，国家对安置残疾人就业的企业有优惠政策，你知道不？

张二蛋一脸茫然。

有一个人就告诉张二蛋，应人利用国家对残疾人再就业减免增值税、营业税、企业所得税等多项优惠政策，骗取你们的残疾证办了纸厂和饮料公司，实际没有跟一名残疾人签订用工合同，没有安置一个残疾人，这样下来，他一年要逃避应给国家上缴的各种税额近百万。

张二蛋一下就傻眼了，愤愤地把应人给的烟抓握在手心，紧紧地攥住，倏地，摔了烟，又用脚踩上去踩了几踩，说还以为应人好心顾惜咱，没想到是在利用咱的坏腿逃税哩。张二蛋把原叶子和刘世强他们叫来，叫他们把应人啥时候拿了他们的残疾证、拿了谁的残疾证都一一写到纸上，交给了税务局的人。

回去的路上，原叶子说，这下北京去不成了。

张二蛋一跌一跌地走着，说，别想好事了，他连税务局都骗着不交税，舍得花大钱叫咱去北京？

原叶子不说话了，没有一个人说话了。他们，或许都想起了遥远的北京，北京的故宫长城天安门了……

明天是个好天气

王一力开着三轮车抬头瞅了一眼桃园上空的月亮，心说这月亮圆鼓鼓的也是装满了心思吧？他咬咬牙，把三轮车开得蹦蹦乱叫着冲进了桃园。等到他把车上的筐子都摘满了，桃园门口已停下好几辆三轮车，都是来买桃子的。

桃园主人老李拍着王一力车上的筐子，嘿嘿笑着说，赶早捡了个便宜啊，看这桃，多好。

王一力眉头一拧，叫老李可别给他算高了，说起半夜来就是为弄个好货。

老李说你今年在我这买了几千斤了，啥时候给你高价过？

王一力呵呵笑着扔了根烟给老李，要开三轮车走时，老李把女儿小桃放到了三轮车上，说是星期天，要到城里耍去。

王一力心里咯噔一下，心说老李也是大意，怎能放心地把孩子交给一个不知根底的外地人呢？他就开玩笑地问老李，敢把小桃交给我？不怕我把小桃跟桃子一起卖了？

老李说，卖了卖了，省的一天到晚气我了。转眼又说，好人坏人一打交道就能看出，咱俩今年才认识，可你一张口我就知道是个好人。

王一力听着老李的话，心下早已雷响，呵呵笑时，竟笑出来满眼眶的泪。

路上，小桃对王一力讲学校的事，说，勇勇有好多的卡片，我们同学都拍不过他。他的卡片都是从城里买的呢。王一力说，一会儿卖完了桃，咱也买城里卡片。小桃高兴地往王一力身边挤了又挤。王一力开着车，听着小桃在他身边小鸡般叽叽叽叽不停地说不停地笑，他的心里禁不住涛涛浪浪——我的小妮儿呢？这个心思刚冒上心头，王一力就咬咬牙，好像要把它咬断、嚼碎，可是眼里又湿了。王一力抹一把脸，想最近自己心思杂了乱了，动不动就想小妮儿就想掉眼泪。王一力怅然一叹，心说再不能这样子了。

桃子三下两下就卖得剩半筐了。王一力给小桃买了肉夹饼吃，说一会儿就带她去买卡片。

一个男的骑着摩托车在王一力的车旁停了下来，摩托车上跳下个女人，说是要买桃。在筐子里扒拉来扒拉去，一会儿说桃子不新鲜，一会儿又嫌桃毛扎手，要王一力降降价。王一力说，早起刚摘的，一个一个从树上摘的，就挣个辛苦钱。女人不高兴了，耷拉个脸，砰地把挑拣的一包桃子摔到了筐里，说不买了，卖桃哩还是卖人参哩？王一力一看新鲜的桃子摔破了好几个，也不高兴了，就说，货卖一张皮，不要别摔啊。女人扭身指着王一力的鼻子说王一力骂她买不起桃子，骂道，你说老娘没钱？你信老娘买得起你这颗人头不？王一力一下愣住了，站在车边摆着手说我没说你穷，我不是那意思……王一力还没解释完，摩托车上的男人就冲了过来，啪啪就给了王一力两巴掌，骂王一力一个男人大街上欺负女人。女人也跳脚骂开了，叫男人打王一力。王一力气得把拳头捏了一下又捏了一下，扭身把发动三轮车的摇把提在了手上。王一力要往男人跟前冲时，有人抱住了他的胳膊，是小桃。小桃指着女人男人大声嚷，是你们不对，你们不能欺负叔叔。

王一力的胳膊一下就塌了下去，心底又翻涌得涛涛浪浪。

一时半刻的就围了好多人。人们看着小桃都说这孩子小，可说话在理。

女人一听人们替王一力说话，脸上一忽儿白一忽儿红，转眼骂男人窝囊，又指着王一力嚷，你提个棍干啥？想打人？一看你就是个杀人犯，今个你不打死老娘就是畜生养的。

摇把在王一力的手里蹦蹦蹦地挣着，王一力使劲地攥了攥摇把，抬脚要冲时，小桃又抱住了他，指着女人说你不讲理，胡说八道。一旁围观的人也劝王一力不要冲动，说你那一摇把下去可真成了杀人犯了。有人就夺下了王一力的摇把，劝王一力回去吧，说桃也没几个了，别卖了。

王一力给人们解释刚才的事情时，叫骂的女人和男人不见了。

人们劝王一力做个小生意不容易，可要忍耐些。人们说着说着又扯到了人生扯到了世事，说，人活着都不容易，可好人赖人大家都能看得着，就是人看不清，还有天哩，咱对得起自己的良心就好了。

王一力看着围观的人，突然，深深地弯下了腰，说，谢谢大家。

一颗泪水轰然摔在了地上。

王一力发动了三轮车，抱起小桃，轻轻地放在座子上，说，走，叔叔带你买卡片去。王一力对小桃说，咱买两盒，你一盒，叔叔家的小妮子一盒。

小桃高兴地说要跟小妮子玩卡片。王一力说，好。

王一力说好的时候，重重地点点头。王一力觉得岁月一点一点从他的身边溜走了。在他看来，多年前他因为喝酒，失手把人打倒在血泊里，东跑西躲，最终也难躲过心里的小妮子和呼呼的岁月。

王一力对小桃说，明天叔叔要回老家看小妮子了。

小桃说，明天是个好天气，爸爸说的。爸爸说天好了，桃子才好吃。

王一力呵呵笑着，说，明天肯定是个好天气。

鸽子笼子还有其他

高秀华还没起床，就听得鸽子咕咕咕咕地在耳边吵，她的烦恼嗖地就到了眼眉梢，喊田伟捉只鸽子杀了炖着吃。

一楼后院的房顶上有个鸽子笼，里面养着十几只鸽子，成天咕咕咕咕咕地叫个不停。

田伟说好狠心的女人，杀鸽子也是你的人生规划？

高秀华和田伟结婚时，就亮出了自己的人生规划：有一个自己的家，有一个爱自己的老公，有一个漂亮的宝宝，有一份悠闲的工作……

高秀华虫一样蜷在被窝，拿捏着嗓子说，小田子，加上这条吧。

田伟说了声遵旨，就钻到了高秀华的被窝，说还是按着规划来造宝宝吧。

高秀华不依，说还没家呢？

田伟说，这不是？

高秀华不高兴地嘟着嘴，这充其量就是个笼子，跟楼下的鸽子笼一样。

田伟搂着高秀华，说规划也得一步步来啊，赶着什么了就完成什么，笨蛋，这才不浪费生命。

阳光悄悄地爬上了床。鸽子咕咕地叫着，很小的声音。树枝擦着玻璃，轻轻地摆。很静了。田伟上班了。高秀华坐起来，愣愣地。以前，她总是早早起床，推开窗户，让新鲜的空气进来，让花香草木香进来，让鸽子声进来。她站在阳台上，梳一下头发，看一眼外面晨练的人们；吃一口早饭，也要看一眼外面的花草。楼下是一个小公园。有呼哧呼哧锻炼的人，有青枝碧叶的草坪，高秀华看着就开心了。房子是小了点，三十多平方米，可是比起那间逼仄的单间宿舍，这个家很好了。高秀华看着小小的阳台小小的厨房和卫生间，她的心像到了解放区一样又明朗，又欢喜。田伟说什么？他说这是"麻雀虽小，五脏俱全"。是贫嘴了。

可眼下，高秀华一听到鸽子叫，就会想起楼下的那个鸽子笼。狭小的笼子里养了十几只鸽子，你挤我我挨你，转个身子都艰难。高秀华觉得自己的家就是个窝，房子就是那笼子，自己就是窝里的兽笼子里的鸟。她心里难过得要死。

女儿倒是在规划中来了。有了女儿的家，好像多了一个排一个连，奶瓶尿布玩具零食，浩浩荡荡，风起云涌。日子也凑热闹地裹挟来好些东西。往往是，旧东西还没扔，新的又加了进来。房子，紧张了。

高秀华说房子一天天在变小。

田伟说房子又不是橡皮筋。

高秀华说你把房子变大。

田伟说遵旨。

田伟给门厅上增加了个吊柜，没有几天，满了。他把阳台上的十几盆花草请出去，摆上柜子，同样的，没有多长时间，也满了。同时满了的还有卧室的地面，还有小门厅。田伟给小门厅里放了张小床。是给女儿的。女儿上小学了。

田伟说，咋样？

高秀华不屑，这里大了，那里又小了啊。她的意思是让田伟买大房子。

田伟就答应先看个四十平方米的。

高秀华叫田伟按着她的规划来，说没钱可以贷款可以借啊，四十平方米的，比鸟笼子大不了多少，长远规划，还是八十平方米的最为经济最宜居。

田伟这次没说遵旨。这个旨意他拿什么遵？田伟愁了。

高秀华却在马不停蹄地看房子，终于看中一套八十平方米的两居室。高秀华说她最喜欢这个客厅，拉着田伟要规划一下，说在这里放沙发在那里放鱼缸。

高秀华的规划蓝图还在空中云来云去，手机响了，她母亲病了。弟弟告诉她母亲已经送到市医院了，让她赶紧过来。过来能不带钱吗？高秀华的母亲刚出院，田伟的父亲又病了。这些，都不在高秀华的规划条目中。高秀华有什么办法啊，加上吧加上吧。一加上，高秀华发现手上的积蓄花去大半，她的心一下就慌了。规划中的第一条还没落实，这哪行？偏偏的，女儿老师打电话给她建议，说她女儿单靠文化课肯定考不上好学校，学了特长就不一样了，就是两条腿走路就是双保险了。

田伟说，国家大计都教育为本呢，这条，该在你的规划里吧。

高秀华说，房子呢？

田伟劝她别急，说女儿考上了大学，小床收起来，房子就大了。

高秀华说再整也是个鸟笼子。咱还得规划一下，你现在的工作清闲得要死，为啥不再找一份工作？

田伟说遵旨。田伟真的再找了一份工作，兼一家民企的电工。下班了，顾不上休息，就去了。节假日也没有时间休息。

过了一段时间，朋友介绍一套二手房，房价能低点。高秀华想也没想，就签了合同。高秀华坐在大房子里，翻着本子上的欠条，说，我的规划终于落实到位了。可是，悠闲的工作却要从此跟她决绝。高秀华找了家工资高的单位调了过去。田伟不同意，说你身体不好，累病了得不偿失。高秀华说，有这么宽敞的房子我就开心了。从此，高秀华跟田伟一样，早上天还蒙蒙黑，就收拾了去上班，很晚了才回来，回来了连句话也懒得说，胡乱洗洗倒头就睡了。

有一天晚上，高秀华下班回来，敲敲门，没人应，只好自己摸出钥匙开了门。

高秀华靠在门上，站了很长时间都没有开灯。她想起来好几天没见到田伟了。电话打了过去。田伟急匆匆地说工地上还有事。高秀华看着黑魆魆的房子，突然觉得很陌生。眼前心里都是巨大的空落。一抓，一把的空。是空寂了。心里却堵得密不透风。

突然，鸽子咕咕咕咕的声音在高秀华耳边响起，而且是，越来越响亮。

夜航灯

在晚上的寒风中，路边的店门都关上了，我在空荡荡的街上慢慢走着，尽量地，挨着街灯走。在我四十二年的生命中，好像是，没有比这些日子更喜欢灯光了。走到一个卖烤红薯的小摊前，我会停下来。

烤红薯的炉子通体散着热，挑在炉子上的灯像一盏夜航灯，小城晦明的街上，远远的，就能看见。有顾客来，炉边的老人漾着满脸的笑，推开炉盖，掏出一块烤得焦黄的红薯在手里噗噗地掂，说，刚刚好，照我说，趁热吃好。每天晚上我都要买一块烤红薯，在摊前待一会，跟烤红薯的老人聊上几句。等到一块烤红薯装到袋子里，递到我手上时，好一会儿，我的手里都是热乎乎的。我也喜欢装烤红薯的纸袋子。很平常的纸袋子，是旧书纸糊的，给人一点怀旧的情愫，和家常日子里的细微感动。

老人说，照我说，回家吧，冷。我说，您也早点收了回吧。老人说，回，老伴要急了。

老人的老伴等他回家呢，我想，这个冷的夜里，等我的只有一个黑屋子。我捏了捏兜里的瓶子。

我害怕回家，害怕看见黑洞洞的窗户。

黑的窗户冷寂的家是从公司易名、汽车换主，我还顶了高额的债务和老婆离婚后就有了。我不想让老婆担惊受怕被人堵截被人辱骂，跟老婆说好假离婚。我说你相信我困难是一时的，我们会好起来的过去的一切我们还会拥有。老婆点点头，和我抱头痛哭。谁知，老婆转脸就把自己风风光光地嫁了。

我把自己关在屋里，躺在床上不吃不喝，三天后的一个晚上我起来了。我咬破嘴唇，眼里摔出一把泪，顺着街道默默地走着。漫无方向。

我就看见了这个烤红薯摊，当然是，先看见了挑在炉子上的灯。

老人说，收了摊，咱俩能跟一段。老人把红薯袋子搭在自行车后，掏了炉火，扑灭。我帮老人摘下那盏充电灯，挂在车把上。街上空无一人，几片枯的桐叶在干的枝头哗哗响。寒凉砭人。

老人说，你好像有心事。我一愣，随即，就呵呵笑，没有。兜里的瓶子好像越发的沉了些。

老人说，我儿子去年死了，车祸，白发人送黑发人，你不知道那滋味，老伴一急，脑溢血了，瘫了。照我说，这日子还要过，我还要把孙子养大看他娶媳妇呢。老人说着就嘎嘎笑，没有什么过不去的，人都说我命不好，照我说，倒要跟这命挣一挣。

可我实在坚持不住了，曾经的显赫和前呼后拥，曾经的逢迎和灯红酒绿，都只剩下了一个冷清的家了。我扁扁嘴，没说话。兜里的瓶子好像压在我的心口上，憋得我透不过气。

老人说，我那儿子从小就犟就喜欢跟我对着干，照我说，他就是故意地把孩子媳妇和他妈给我扔下不管了，他就是看我的笑话看我能不能扛过去，我就扛给你看我跟他说。老人嘿嘿笑，好像真的在跟儿子赌气。我抓握着红薯，任由瓶子在我兜里晃来晃去。

跟老人分手时，老人说，这段路不好走，我给你照着。我不让，叫他赶紧回家，冷。老人说，照我说，没什么过不去的，你还年轻，日子长着呢。

我苦笑一下，心里却涛涛浪浪。

老人推着车子，车把上的充电灯洒下了一地淡黄的光。我就走在那黄亮里，走了好远一段，回头看老人，老人还在我们分手的地方站着。

烤红薯暖暖地捂在我的手里，焦黄润白的香在鼻下蜂般嗡嗡绕。站在我家楼下一个窗户洒下的光里，我对老人喊，回吧，我到家了。老人走远了，车把上的灯在黑的夜里亮亮的在我的眼前晃来晃去晃来晃去。

我仰头看着一个个窗口上白的黄的花的亮光，像小孩子看着柜台上的玩具一样贪婪。那些亮光像一个个诱惑刺激着我的心和眼。我像猎人发现了他的猎物一样捕获着那些亮光，一朵，两朵……恍惚中，我看见我家的窗户也是一片灿烂，甚至，明亮得有些刺眼，有些过分和浪费。我几乎是蹦跳着到了门口，那瓶子小鼠般在我兜里蹦蹦蹦乱跳。

门打开了，家里却是漆黑一片。

站在黑寂的屋里，烤红薯老人那盏充电灯又亮亮地在我眼前晃来晃去晃来晃去。老人说，照我说，没什么过不去的，你还年轻，日子长着呢。我抹了把眼，把屋里的灯全都打开。我坐在雪亮的屋里，掏出兜里的瓶子——敌敌畏，紧紧地攥在手心。

# 你有没有表情

姚红气喘吁吁赶到会议室时，刚好八点。

经理说，你倒掐得准，不浪费一分钟。

姚红抬眼就看见经理的脸上全是讽刺和不满。姚红张张嘴要解释，经理摆着手不耐烦地叫她进去，说明天开始，所有人提前十分钟到。教练已经开始讲礼仪的起源礼仪的内容礼仪的要求……

坐下听讲时，姚红心想明天早上再起早点把儿子弄好送过去。两岁的儿子跟着爷爷去了电影院门口，姚红心说不要摔伤了就好。

姚红的公公在电影院门口摆个爆米花机子。姚红送儿子时，想劝公公这两天先别摆摊了，一个爆米花，也挣不了几个钱，把孩子带到那儿，吵吵哄哄的，不小心哪儿磕破了跑丢了就麻烦了。公公不乐意。公公叫她安心去培训，说找个工作不容易，他会看好宝宝的。公公说，哪怕捡个馍花花，也能替你们省点。姚红听着公公的话，眼下一热，什么也没说，帮着公公把板凳、玉米包放到了三轮车上，眼看着公公带着宝宝骑着三轮车咯噔咯噔走了。

在想什么？哎，说你呢？教练点着姚红吼叫，你发什么愣？来点表情好不？没睡醒还是没吃饭？

偌大的会议室里，教练的吼叫机关枪般向姚红扫射，哒哒哒，猛烈，凶狠。姚红的脸倏地红了，看教练因愤怒而变形的胖脸，脸颊的肉嗦嗦嗦嗦跳个不停，内疚地想对教练笑笑，却差点把眼泪挤了出来。

教练翻了姚红一个白眼，眼瞪得灯泡般，一对粗黑的眉毛跳着，不耐烦地把手拍得啪啪响，嚷嚷，微笑，轻轻地笑，不卑不亢地笑，明白吗？不是四颗牙八颗牙的事情，是从内心发出来的笑，明白吗？内心，是由衷的，是放松的，是为自己为工作为酒店感到自豪而笑，明白吗？

教练在姚红的身边走来走去，白胖的手在脸上比来比去，说话的声调越来越轻柔。姚红的心里哼了一声，脸上就有了不屑，看教练走了过来，她赶紧把笑容贴在了脸上。教练看着她，说，对了，就是要这样的笑，要让自己的内心沉浸在流淌的音乐中一样，给客人恬淡、轻柔、欢喜的感觉。

果然响起了音乐。

大家听听这首曲子，用心听，放下所有的不快和烦恼，让心跟着音乐飞翔……

教练还在引导大家安静、放松。姚红听着曲子，有一刻她似乎忘了孩子忘了公公，可在没完没了的音乐中，姚红趁着教练看了别处，悄悄掏出手机看了下时间，还有两个半小时培训才能结束。姚红的心又惶惶了。她又担心起了孩子。她有些后悔把孩子交给公公照看了。可不给公公照看，谁能帮她呢？男人在外打工。小区幼儿园要等孩子三岁了才收，而且费用高得吓人……

突然，会场安静了。姚红看见教练走到一个女人面前，嚷道，你不会笑？微微笑，好，就是这样。你们都应向她学习，看，笑得多美。教练说，你，你，还有你，尤其是你。教练的手又指向了姚红，不会笑？怎么一上午了跟个木头一样一点表情也没有呢？不知谁嘀咕了一声，谁不会笑？这还用培训？教练肯定是听见了，刚刚还笑容可掬的胖脸倏地就换了面孔，脸颊的肉又嗦嗦嗦地跳了起来。教练暴跳着，怒吼着，真费劲，我搞礼仪培训多年了，就没见过像你们这些跟木头石头一样的人，没有表情，真是可笑，真是费劲。

培训在教练一会儿高兴一会儿恼火中终于到了下班时间，姚红掏出手机准备问公公跟孩子吃饭了没？经理来了。经理不叫散会，说要考试，说谁过了谁回家，过不了的暂时就不考虑上岗了。

姚红一下就紧张了起来，也顾不上给公公打电话了，站在窗户前，回想着上午学的内容时，经理就走到了她跟前。

经理说，你讲讲礼仪的起源礼仪的内容礼仪的要求……

姚红看着经理一张干瘦的瓦刀似的脸，没有一点表情地对着她，她的心就突突突突跳得纷乱。她想了半天，什么也想不起来，好像是，一上午她什么也没学到。姚红努力地向经理挤出了一丝微笑。姚红知道她的笑肯定比哭好不到哪儿去。

经理说，下午继续。

姚红看着经理木然的脸，心呼嗵就沉到了黑暗处，"下午继续"，就是说她还不能上岗，就是说她还不能拿到工资。经理嘀嘀咕咕地还说了些什么，姚红都没有听见，她满心里都是儿子。赶到电影院时，儿子远远地就看见了她，就妈妈妈妈的喊。姚红看着儿子的小脸上虽然抹了一团的白一团的黑，可那笑是那么的香甜，好看。突然地，她就想起了今天的培训——礼仪的起源礼仪的内容礼仪的要求……所有的竟然都想了起来。

石头记

一早的，李老歪手里摩挲个小石头，秃鹫般蹲在屋子前，心说，吴秀华肯定不会来了。冬天了，土也冻得石头蛋子般瓷实了。她还来干吗？李老歪突然恨恨地捏了一把腿边的狗。狗嗷地一叫，倏地跑开了，站在不远的地方，委屈地看着他。李老歪看一眼手里的石头，就盯住了那条小路。

吴秀华总是从这条路上来。

李老歪又唤狗，你说吴秀华还来不？她已经一个月没来过了。

狗不理他，竖起耳朵，汪的一声，奔向蒿草。

黄河滩上静得只剩下了风声。淘沙工都撤了。太冷了。黄河上的风小刀子似的，刮到哪儿割到哪儿。黄的衰草在风中忽而倒伏，忽而又端端地站立。灰雀儿在空中飞，也不叫一声，静静地飞来，又静静地飞得没了影子。李老歪突然觉得这世界死寂一片，似乎是，就剩他一人了，他的心里忽地就生了一层惶恐，急急地唤狗回来，说咱去城里给她送石头去。

李老歪在河滩上看护挖沙的机器和工具。他已经好久没去城里了。屋里的萝卜白菜一大堆，够吃一冬了，去城里干啥？从河滩到公路要走一个多小时，才能搭上车。李老歪扑塌扑塌地走着，心说一个多小时就一个多小时吧。

到了城里，李老歪径直向干洗店走去。

是夏时吧。吴秀华来河滩捡石头，说她喜欢石头，捡几个玩。淘沙的机器边有一大堆滤下的石头。

李老歪看一眼吴秀华，觉得吴秀华的眉眼跟他老婆挺像。可他没说出来。哪能说呢？让人笑话。听见吴秀华说喜欢石头，他的心又动了一下。巧巧的，他老婆也喜欢石头。他的包里，已经给老婆捡了好多个石头了。

没想到吴秀华对石头挺挑剔，颜色花纹光洁度粗糙度，还有形状大小，都有要求。日头都走到当头了，也没捡下几块。李老歪叫吴秀华看看他收集的石头去。

吴秀华刚进了李老歪的土坯小屋，淘沙的工人就嗷嗷地喊李老歪加油。

李老歪看一眼吴秀华，说你别在意，他们喜欢开个玩笑。其实，李老歪的心里是如吃了蜜般甜。他欢喜别人这么喊他。

吴秀华呵呵笑着说没事。

李老歪把包打开叫吴秀华慢慢看，说要有看中的，尽管拿走。

吴秀华抓一块石头，啊啊地惊呼了起来，说李哥你真能干，收集了这么多好看的石头。

吴秀华把李老歪一包石头都拿走了。

李老歪叫吴秀华明天再来，说明天带你去个好地方，那里好石头多的是。

第二天，吴秀华果然来了。果然是，捡到了好多好看的石头。

第三天，第四天，连续十多天，吴秀华都到河滩边找李老歪捡石头。吴秀华一来，就李哥李哥地叫他，给他一包苹果一包蛋糕，说是顺路看见了，就买下了。

吴秀华说，我开着干洗店，李哥你来城里，把你的衣服都带上，我给你干洗，洗完，熨烫得板板的展展的。李老歪心说就我那几件衣服，值得干洗熨烫？可他嘴上却应得欢实。一旁的淘沙工就叫开了，说小吴你不能只给李头干洗啊，还有我们呢。李老歪骂他们是猪，张嘴就瞎蹭。挖沙的机器轰隆隆地响，黑湿的沙子忽突突地流水样喷吐了出来。是热闹了。

李老歪找到干洗店的地方，却是个叫"石头记"的店。店里摆满了形状各异、花色不同的石头，托在精致的木架上，泛着清冷的光，也精美，也高贵。李老歪看着这些似曾相识的石头，指着一块鸡形的手掌般大小的石头问服务员咋卖？服务员说，两千。李老歪惊得眼皮子跳了起来。这块鸡形石头，李老歪记得是他送给吴秀华的。吴秀华端详着石头说，李哥你这块石头像咱国家的地图。李老歪说你要喜欢就送你。吴秀华高兴地攥着石头就抱住了李老歪，说李哥你真好。

李老歪向服务员打听干洗店和吴秀华。

服务员说这就是吴总的店，干洗店改为石头店了。问他找吴总有事？

李老歪说是送石子来了。

服务员就仰了脖子喊吴总。

吴秀华从楼上下来，不认识似的冷着眼问李老歪有事？

李老歪看着吴秀华石子般僵硬的脸，心一下就慌了，晃着手里的袋子，诺诺着，我又捡了些。

吴秀华却不看袋子，说，我这又不是垃圾站，要你那些个破石子干啥？

李老歪一愣，一双糙手搓得哗哗响，脖子胀得谁掐住了般说不出话。袋里的石头发出轻微的摩擦声。狗咻咻地瞪着吴秀华。

李老歪转脸走出干洗店，吴秀华却追了出来，掏出五十块钱塞给李老歪，说李哥你也不看店里有人你就说给我送石头啊。你咋一点眼力见儿都没呢。你这样吵吵哄哄的我这生意还咋做。吴秀华要了石子，催李老歪赶紧走。

李老歪想把钱还给吴秀华时，吴秀华已经没了影子。李老歪突然觉得很冷，唤了狗，举着五十块钱，说，走，咱喝羊汤去。

巷 口

腊月刚过了半，羊凹岭的巷口就热闹了。在外打工的人们陆续都回来了，附近打工的也好像有了多余的时间，没事，就要往巷口站一会儿，扯扯闲话。当然多是男人。他们抽着烟，天南海北地闲扯，直到媳妇催唤，才骑了摩托呼突突到街上买菜割肉去了。

该准备年货了。

可是，音子的男人牛子没回来。可着一条巷里就牛子没回来。

腊月二十三要祭灶，音子抱着儿子小牛蛋，听着巷子的鞭炮声，也撕开一包鞭炮，左手颠到右手，就是不敢点。以前，都是牛子点的。牛子把长的鞭炮抓手上，用烟头一对，鞭炮啪啪就炸响了，直到剩下一拃长，他才扔了。音子心里骂了声牛子，四下里想找个棍子挑着，可找来找去找不到，就气恼地把鞭炮扔到地上，用线香对了一下炮捻，倏地蹦开，没响。她吹吹线香，又对了一下，啪啪的炸响还没等她跳开，响了。

音子看着满地的碎屑，眼就痴了，突然，她捂住脸，哭了。

第二天，巷口站的蹲的，好多人，三柱扭头看见音子抱着孩子从巷头过来了，他突然闸了声，说了半截的话，不说了，摔了烟，风一般走没了影。其他的人看见音子，也好像突然想起了要紧的事，急急散开了。

第三天，音子用车子带着孩子去街上割肉买菜，看见三柱在巷口人堆里，长胳膊在空中挥一下又一下，不知在说什么，扭脸看见了她，低头走了，其他的人也不说笑了，蜂般散了。

大年三十了，巷口还聚了好多人，男人，孩子，叽叽嘎嘎地说笑、打闹。

音子看见三柱也在人堆里，径自就向三柱奔了过去。三柱也分明地看见了音子，抬脚要走，音子喊住了他。那些人也要散开时，脚步却被音子的喊声扯住了。

音子说，牛子过年不回来了，说是加班。三柱，你们那老板还挺仁义，过年加班，他说都是发高工资。音子的声音很大，朗朗的，亮堂堂的，几乎是，在喊叫了，说着话，她的眼风还紧往巷里人的脸上飘。人们都看见了音子满脸的欢喜，似乎是，还有那么点炫耀。

可是，没人接音子的话，他们的脸上也没了刚才的轻松，只有三柱咳咳地，说要不是我妈催唤，我也不回来挣加班费哩，过年，有啥意思。

一旁就有人说，还是人家牛子厉害，这几天能挣一两千吧。

说着话，人们就散了。巷口，空了。霎时间，一个人也没了。每天吵吵闹闹在巷口耍的娃娃也不见一个。音子独自在巷口站了一会，抹了把脸上的泪，弱弱地往回走。三柱却不知什么时候站在她的背后，喊她，音子，牛子他……

音子就凝注了脚步。

三柱说，音子，牛子他没回来，是……

音子背对着三柱，摆摆手，不叫他说，说我都知道，只是求你别给巷里人说不要叫人笑话，我和孩子，还要活人。他，也要活人。音子说，三柱你和牛子在一个工地，还要多招呼点他，他性子直，心眼死，木头疙瘩一样，干活，下死力，不晓得疼惜自己。

三柱说，我知道，他不回来是……

音子说，不要说了，我都知道。

三柱说，音子，你听我说，咱三个从小长大，你还不知道牛子？牛子的事不是巷里人传说的那样。

音子突然呜地哭了，他是哪样我也不在乎了，人家都说他跟一个女人好，那女人要是真的对他好，他就跟人家过吧，人家是老板，有钱。可他该接我电话，我打一次他关着机，打一次他还关着机。他就是不愿要我和孩子了，也该给个话，你说是不？音子擦了一把泪，转过脸来，抹着眼皮，说开年你到工地见了他，捎话给他，我，咋个都行。

三柱说，不是这样的音子，牛子他……

不是这样是哪样？

牛子他不让我说啊音子，我答应过牛子，反正，不是你想的那样。

有什么不让说的？音子摆摆手，算了吧，他是哪样我也不想知道了，他就跟那女人过吧。我就求你把话带给他，回来，把婚离了。

真的不是你想的那样啊音子，你听我说，三柱撇撇嘴，说，你听说的女人是工地旁小饭店的老板，牛子看她可怜，有时帮忙拉个菜什么的，有人就扯出了闲话。牛子的为人，你还不清楚？

音子不说话，直抹泪。

三柱说，牛子出事了，一堵墙好好的突然倒了，巧巧地砸到了牛子的腿上，两条腿，都断了，工头是好人，可没钱给他，让他在工地看门，他不愿意，说挣钱太少，其实他是怕工头为难，从医院出来，就没回工地。

音子一下僵在了风里。

他说等挣下钱了就给寄回来……

好半天，音子才缓缓地问，他，还在城里？

我也不知道他在哪儿？他跟我分手后，我再没见过他，打他手机，也是打不通。

我去找他。只要，他还在这世界上，我就不信找不着他。

灰白的风里，三柱看见音子走在长而狭的巷子里，轻飘飘的纸一般，也脆弱，也坚强，眼圈就红了，低低地吼了声，牛子啊我实在是没了法子，音子她太苦了。

# 拿什么担保你的人格

周一红在大楼里做清洁工。

大楼里有个很大的会议室。会议室有小小的舞台，还有设施齐全的音响、变幻迷离的灯光，经常有外单位来租用，开职工大会，举办座谈会，或者搞小型的文艺活动。到了年终，会议室更空闲不了，一个会议接一个会议的开，一拨人接一拨人的来。

周一红一天都闲不下来，刚打扫了一次，接着又得打扫，就在擦主席台桌子时，周一红看见抽屉里有一部手机。

周一红拿出来心说肯定是哪个领导落下的，这样想着，周一红手也没有停下擦桌子。周一红是担心吴毛来了看见没打扫完要嚷嚷。吴毛是周一红的领导，是会议室所属单位的办公室主任。吴毛不叫吴毛，是周一红给起的。因为满脸络腮胡的吴主任总是要求她"一根毛也不能看见"。吴主任说，这桌子，还有这椅子地板窗户，都要擦得干净，不能见着一根毛。

可周一红还没离开桌子，还没放回手机，手机亮了，是一个短消息。周一红心说看看？又说，人家的短信你看个啥？周一红刚要把手机放回去，手机又亮了，一个来电。手机设置的是静音状态，周一红看着亮一卜暗一下的屏幕，心说这屏幕就像领导的脸，就像是领导在这台上坐着，看似不动声色，其实内心不定起了多大的波澜呢。这样想着，周一红放手机时，就放出了很大的声音。

周一红想要是没人来拿，一会儿打扫完把手机给吴毛，叫吴毛问是谁落下的还给谁。

周一红没想到刚擦净地，就有人来了，说是马上要开会，叫她赶紧离开。

周一红看也没看主席台就走了。她把主席台抽屉里的手机忘得干干净净。直到晚上要睡觉了，周一红接到了吴毛的电话，叫她到办公室来一下。周一红问啥事？吴毛说你来就知道了。

周一红赶到办公室问吴毛这么晚了还要打扫会议室？吴毛说不是打扫卫生，是跟打扫卫生有关的事。吴毛问起了手机。

吴毛说，放在主席台抽屉里的手机是一个领导的。吴毛说，是哪个领导？你没必要知道，领导也不让说出去。

周一红一下就瞪大了眼，妈呀叫了一声，就催吴毛去会议室看看。

吴毛问，看啥？

周一红又一次瞪大了眼睛，说手机啊。

吴毛看看周一红，叫她说说手机怎么了？

周一红就把发现手机和忘拿手机的过程给吴毛说了一遍。周一红说拖完地走得急就忘了抽屉里的手机了。

吴毛本还笑呵呵的脸倏地就沉了下去。吴毛说，这么说你没动领导的手机？

周一红不明白吴毛的意思，就着急地问手机丢了？说你问问下一个开会的单位？说明明把手机放回抽屉里了。

吴毛说，我看你不知道后来要开会的裕兴公司，到底没开成？手机没丢，还是在抽屉里放着，就是手机的短信被人看了。

周一红一下就紧张了起来，问吴毛什么意思？

吴毛说这意思不是明摆着吗？领导说了只要你不把看到的说出去，会给你五千块钱算作奖金。

周一红黑着脸对吴毛说，我没看人家手机短信，我要人家钱干啥？

吴毛说，你没看手机里的短信，那是谁看了？你走了再没人去会议室。就算你没动吧，钱又不扎手，领导愿意给，你不要白不要。还没等周一红说话，吴毛又说，那手机里到底有什么短信？你给我说，我保证不说出去，你尽管放心。

周一红的火气倏地就顶到了脑门上，没好气地大了嗓门，我咋知道手机里啥短信？我拿我的人格担保，我没有看人家短信。

吴毛的脸呼噜就耷了下来，人格？人格是个什么东西？再说了，你拿啥担保你的人格？

周一红没想到吴毛会这样说,她一下就愣了,不知该怎么说了。

吴毛却换了一副眉眼,嘿嘿笑着叫周一红坐下,摆着手说看不看吧,就是看了别说出去就行,领导嘱咐了叫你当保洁班长,明天开始你就不用打扫会议室卫生了。

周一红说干啥都无所谓,我就是要说清楚,我拿我的人格保证没看人家的短信。起来要走时,吴毛追着周一红问,领导的手机里到底有什么短信?你给我说说,我拿人格向你保证一个字也不说出去。

周一红一下就柱子般挪不开脚步了,耳朵里却嗡嗡嗡全是吴毛的声音……

太阳出来喜洋洋

淅淅沥沥阴了几天的西沟上空，终于匿了雨脚，太阳拱了出来。羊凹岭的雨，要么一月二十天的也不下一滴，要么下起来没完没了，直下得脚底下稀泥烂水的没法进地里。

二孬看一眼天，泥着一双脚，站在地头，欢喜地看沟边沟上的秋庄稼说，晒上一半天，就能收了。

二孬说的是西沟的地。西沟是陈老板承包的，雇了二孬和他媳妇打理。二孬是干活的好手，种菜、种庄稼、管理果树，都是把式。先前只长蒿草的西沟，在二孬的手下，菜长得葱茏，庄稼也是丰硕一片。尤其是沟上的那片地，二孬知道是块好地，耕地、浇水、施肥，都是用了十分的气力和心思。确实是好地。二孬看着地里的玉米和红薯，还有一亩的花生，秋阳下，也繁茂，也饱满，心下就欢喜了。丰收在望了呢。

媳妇说，又不是你的地，你乐个啥。

二孬瞥一眼媳妇，说你知道个屁。

自己汗下的土地有这么好的收成，能不欢喜？暑天里，陈老板领着几个朋友来西沟玩，那些人都啧啧地赞叹，说这哪是荒沟啊，纯粹的一个风景地、农家乐嘛。二孬喜欢听人说西沟好，陈老板也喜欢。人一走，陈老板就扔给他一盒烟，或者几瓶啤酒，对他说，亏不了你，只要你把咱这沟种好。

今天，看着地里的菜蔬和庄稼，二孬想要不要跟陈老板说声再雇个人，别迟手慢脚地收不回去，沤到地里，一季的粮食一季的辛苦，废了，多可惜。

陈老板正好就来了，身后还跟着周家老二。

他来干啥？二孬当下就有些不乐意。不是二孬跟周家老二有什么过不去，他是看不上周家老二，要技术没有，要力气懒得出，干活没有心眼，巷里有名的好吃懒做的人，连自己的五亩地也打理得没有眉眼，就知道赌博，西沟又没有麻将机子，他来干啥？

周家老二竟是陈老板雇来西沟干活的。听陈老板的口气，好像是周家老二一个什么亲戚给陈老板介绍的。

出力干活还得找关系？关键是，他能干吗？二孬脸上有些不悦，就说，雨脚刚提起，地里进不去。二孬是想一会儿趁周家老二走了，给陈老板说说，雇谁也不要雇他。周家老二却不走，嘿嘿笑得露出了满嘴的大牙花子，说，地得干干地得干干。说着，从棚子下扯了块抹布，捏着水管子给陈老板洗车去了。

倒有这个心眼。二孬眼睛斜了斜，嘴角就扯了下来。

擦完车，周家老二媳妇也来了，把一个包给了陈老板，说是闲得在家没事，绣了几对鞋垫，给娃娃垫。陈老板说好好，说你也来吧，你们和二孬一起秋收。

第二天，周家老二和媳妇早早来到西沟，问二孬先掰玉米还是刨红薯，周家老二一句一个二孬哥，说听你的二孬哥，你说干啥咱就干啥。

二孬嘿嘿笑笑，说那就先掰玉米吧。二孬心说，我倒要看看你能干啥。果然，一行玉米还没掰完，周家老二和媳妇就哟哟地嚷累。把玉米往棚子下运时，周家老二担着两筐玉米棒子，腿却抖得迈不开。刨花生红薯时，周家老二的力气好像用完了，浑身软塌塌得瘫坐在地上，问二孬能不能歇上两天。二孬没好气地说，你想歇你歇，收了秋还要种麦，庄稼等你还是节气等你？周家老二没说话，手撑着地站起来，一晃一晃地刨红薯去了。

此后，周家老二虽看上去乏累，可二孬叫干啥就低头干去了，好像比先前还要卖力些。老二媳妇也是今天送二孬他们几块烙饼，明天又给他们带来一碗饺子。二孬看着，心里就有些过意不去，再翻地、插苗或者干别的活儿时，他的脸就活泛了一些，就耐下性子，教周家老二和媳妇茄子苗辣椒苗怎么培育，翻地浇地如何使巧劲……二孬说，百事都有巧，一巧省半力。周家老二递给二孬一根烟，说可不是，哥还要在陈老板跟前帮我说几句好话，你知道，现在活儿不好找。

二孬嘎嘎笑着说，没问题，你要用心学，农民也不是谁都能当得了啊。

周家老二嘴上应着，没事却总往沟上跑，在沟边的那片地里走来走去。二孬问他干啥呢？跟个小鬼一样念念做做的。周家老二笑呵呵地说没啥。

二孬扁扁嘴，心下怏怏着，扯了个袋子，去沟里捡拾树下的落果去了。

二孬还想着怎么教周家老二农活时，陈老板说要在沟上的地里盖一排房子开麻将馆，让周家老二和媳妇来管理。陈老板夸周家老二有眼光，说，这是个商机啊，西沟虽离县城近，可僻静，玩累了，就叫他们到沟里打核桃摘果子，到地里摘菜挖红薯，有这个节目，肯定能吸引不少人。

陈老板问二孬，你说是不是？

二孬看着沟边的那片地，地里的玉米红薯花生长势很好。二孬心说，可惜了，这么好的地。他扯扯嘴，没说。他说了，陈老板会听吗？

太阳慈着面孔从云层里出来了，可二孬一点也开心不起来，他的脚上裹了胶泥般沉重。

拿　捏

　　刘工晃到办公室，椅子还没坐热，科长就过来悄悄地告诉他说要变动了，说这次调整怎么说也会有他的。刘工觉得血一下子就涌到了脖子，半截脖子就红的发烫。刘工坐下来，心说稳住，可还是有些慌乱，不知该干什么。二十五年的工程师，刘工心说，多年的媳妇也该熬成婆了。

　　刘工把乱糟糟的堆在沙发上的报纸码放整齐，把能写出字来的桌子上的灰尘一下一下擦净，又把二十天没拖过的地板仔细地拖过，把窗台上的几盆花浇上水，刘工看着挑着水珠子的花还闹出了点清爽的模样，心下兀地乐了。

　　张伟看刘工忙来忙去，悄悄问小卫，咋了，他今天？

　　小卫盯着电脑屏幕上的时装，笑得咯咯的不理会他。

　　张伟白了小卫一眼，骂了句"没出息"，探身想看刘工桌上的报纸时，刘工进来了。刘工一进来，就嗖地把报纸扯给张伟，没啥看的，都是些高调。张伟的眼睛还没碰到报纸，刘工又赶着说，看看也好，了解些政治经济。

　　张伟撇着嘴，一把把报纸推到刘工的桌上，说看不懂，心里却在嘀咕刘工平日里眼缝缝都不夹一下报纸，今天倒教育起我来了。这样想时，张伟的心里咯噔一下，抬眼就见刘工提着水壶打水去了。

　　刘工打水去了哎。张伟对小卫说。不怪张伟稀罕的模样，他们在一个办公室坐了六年，刘工什么时候打过水呢？每天不是张伟就是小卫，打来水，刘工还满腹牢骚地嫌水不够开啦嫌水垢太多啦，把他的好茶叶都给屈了。小卫嘴快，听见刘工抱怨，就要问他买什么好茶叶了？问他不喝会议室的茶叶了？刘工的脖子兀地泛起一截子红，扯着个长脖子哼哼半天，才愤愤地说，买茶叶？为啥要买茶叶？有人家喝就没咱喝的？

气愤完了，还不忘叫小卫下午准备会场时多领点茶，开完会剩下的给他。

张伟和小卫没想到刘工真的有好茶。

刘工打来水，从抽屉里拿出茶叶包，催张伟和小卫把杯子打开，要他们尝尝他的茶，说，好茶，明前茶。

小卫逗他，比会议室的茶好？

刘工的脖子又红了一截。张伟说，刘工一定有好事了吧？有好事，可得请客。刘工拧着半截红脖子，摆着手，呵呵笑说，哪有好事啊？喝茶喝茶。

刘工给杯里放了茶叶，又倒上水，说，泡泡，得泡，泡到了再喝。刘工叫他们别着急，说，好茶要泡，泡是很讲学问的，得水温呀杯子呀好几个因素都恰恰好，才能泡出一壶好茶来。刘工不看张伟和小卫听得有一搭没一搭的，继续饶有兴致地解说他的茶叶学问，说，你俩信不？性格不同的人，泡出的茶味道也不一样，男人女人，泡出的茶也不一样。说到底，这泡茶其实跟做人还有些相似。

张伟瞅了一眼刘工，心里早已是疑浪翻涌，刘工今天的拿捏简直有些过头了。张伟一边嗯嗯哦哦地应和着高谈阔论的刘工，一边就把一个短信发了出去。短信是发给姐姐的。姐姐跟厂人事处长老婆认识。张伟要姐姐打听一下，他们单位最近是不是要调整干部。

手机叮咚响了，张伟打开，却是个垃圾短信，气得他摔了手机，说这些个广告真是欺负人，它一来，你不看也不行。张伟骂完了，一愣神，就想起这种话不是刘工平日的话吗？可刘工今天却不这么说了。刘工笑呵呵的，吱地喝了口茶，很享受地吧唧着嘴，说，看怎么说吧，任何事情都有它的两面性，对于需要它的人，你不能说它是垃圾对吧？

张伟抹着眼皮，想说刘工怎么突然变得大肚真佛了，平日里的牢骚话怎么一句也没了？可他没说，心里却在嘀咕坐了多年办公室的刘工今天变了个调子，一准是有些说法的，就又给姐姐发了短信。

姐姐的信息没来，科长却送来了干部调查表，要他们填写。

张伟悄悄看刘工时，就见刘工虽是一脸的平静，半截脖子却又红得打了血般。只有小卫嘻嘻哈哈地说笑着，一会儿叫刘工帮她填，一会儿又叫张伟帮她，她趴在电脑前，不耐烦地嚷，就一个破表嘛，能顶啥用？你们说说，能顶啥用？

表都填完了，上交了，姐姐的短信才来。果然不出所料。张伟看刘工时，刘工正拿着茶叶盒说是叫科长也尝尝明前茶。

　　干部任免文件下来了，科长通知科室开会。刘工跑来跑去的给大家又是倒水又是泡茶。科长说是上头有了新的文件，文件里对任职干部的年龄有严格的规定。刘工的年龄超了。张伟看见刘工的脖子又红了半截，手里捏着一撮茶叶，半天没动。

为什么不种点东西

哎，大哥，那些东西，卖不？

我蹲在地边，正抓着小锄头乱锄时，抬头看见那人骑在三轮车上，黑红的糙脸泛着油光，在栏杆外朝我笑。他的下巴点着北墙角下的一堆饮料桶啤酒瓶，说，卖不？三轮车上的音响咕咚咕咚，山呼海啸，简直要淹没了我。我说，什么？我觉得我的声音是从海底浮上来的，虚弱又无力。

他嘣地跳下来，手里扯着个编织袋，径直走进院子，走到那堆垃圾前，说清理了吧？这么好的院子，大哥，堆这东西，碍眼。

挺会说话。会说话，就能让人开心。我媳妇说的。我媳妇喜欢会说话的人，我却偏偏嘴笨得要死。我说，好吧。

我靠在香椿树上，看着他数完啤酒瓶，在地上记下一个数字。数完饮料桶，在地上又记下一个数。他说，各是各的价，做事不能含糊，我就见不得眉眼不分头脑不清的人，你跟他说什么呢？他看我一眼，说，你那是香椿树吧，我家院子也有一棵，比你这棵要大，春天能掰不少椿芽，切碎了，腌着，啥时候想吃了，炒鸡蛋，凉拌，多放点油和辣椒，能多吃一个馒头。我去的地方多了，哪个地方的饭菜也没咱这香椿炒鸡蛋好吃。

我扭头看着头顶的香椿树叶，阳光抚在树叶上，风从树叶上滑过。我第一次发现香椿树叶的嫩芽是淡淡的紫红色。

尤其这嫩芽，紫红色时最好吃，一旦绿了，就有点老了。他说，香椿的香味很特别，一定要细细品，才能觉出香味来。世界上好多事都是一样的，得去品，幸福要品，苦难也要品。你相信不，大哥，苦难也得品，品着品着就觉出苦难的滋味也很特别。他小心地绕过地上的数字，从三轮车上取来一杆秤，把捆好的纸箱子钩在秤钩上，叫我看秤。我懒得动，离开香椿树，坐在台阶上，说，你拿走吧，别称了。他不同意，一手提着秤绳儿，一手挪称杆上黑的秤砣，说，我不是捡垃圾的，我不做那事，我收废品。废品不是垃圾。

三轮车上的音响还在咕咚咕咚。我说你能不能把车上的音响关小点。他嘿嘿笑笑，把音响关了。霎时间，全世界好像都安静了下来。阳光煦暖，明亮。风儿柔和，绸子般轻轻飘。是三月还是四月了？

都四月了，清明都过了，你这园子咋还荒着？他把废品袋子嗵地扔到车上，说，你不该让园子荒了，眼里有风景，做梦也会笑出声。他捡起我扔在地上的小锄头，说，这么好的园子，荒着，多可惜。

种什么呢？我不知道种什么。我从来没有种过庄稼。是媳妇说她喜欢带园子的房子，我才在城郊买了这处房子。媳妇说，在院子里种点花种点瓜，夏天了，坐在瓜棚下，摇着蒲扇，看着蜜蜂蝴蝶飞来飞去，嘤嘤嗡嗡，多好。可我哪里知道我搬来了，她却走了。

你的园子你说了算，黄瓜南瓜豆角芝麻玉米红薯，你喜欢什么就种什么，种什么也不能叫地荒着。他蹲在地里，用那把生锈的小锄头一下一下地啃着硬的土。他说，要是我，就种豆角南瓜，我喜欢黄色的南瓜花，一开，就忽闪忽闪的，我媳妇喜欢豆角花儿，说豆角花儿碎，紫不丢丢的，一开一串一开一串。她说等攒够盖房子的钱了，就回老家去。

小的锄头在他手里舞弄得有力。太阳下，一股酸酸的腥味在园子绕开了。一会儿，我的小园子就翻了个遍。他抹了把头上的汗，问我要种子。他说，随便什么种子都行，最好是菜种子，以前在老家，我就种菜，西红柿茄子辣椒，长得可好。我那地好，我也舍得出力。光有蛮力也不行，你知道，干啥都得会管理。

我一下拿出好几包种子，有蔬菜也有花卉。本来是准备跟媳妇一起种的。我种花，你点豆；我浇水，你锄地……媳妇说。多好的田园生活。可她看到这所园子时又说，你把钱都用来买房子，生意不做了？我一直不知道她到底要什么样的生活。

人不可能什么都知道，对吧大哥？他点着种子，扭头对我说，可你有了这个园子，你就得给它花种菜。别嫌麻烦，生活就是这样，拥有了，就得管好。

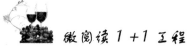

种完了地，我把家里的废纸箱子旧报纸旧书本，呼啦啦翻腾出一大堆。我说，这个都给你。

他笑了，说你咋给屋子堆这么多废品？人活着得学会清理，像这园子，勤清理杂草害虫，菜才能长好。他手上抓着大秤，黑铁的秤砣在秤杆上晃来晃去，像要哧溜砸下来。我不由得退后几步。

三轮车咕咚咕咚要开走时，他突然想起什么，甩甩手，从怀里掏出一张纸片，给你，大哥，上面有我的电话，饮料罐别人收两毛，我收三毛，谁也管不了了。他吸了一口烟，好像号令三军的大人物一样，眯着眼说，很多人跟我有联系，他们家有了废品就给我电话。家里不要堆废品。眼里全是废品，心就要长草。他又回头对我说，记得浇水，不要让园子荒着。

我捏着他的名片，看到那上面的名字：吴飞龙。名字下有一行小字：飞龙再生资源有限公司董事长。下面还有一行小字：把废物交给我，我还你一个美丽的新世界。

好大的口气。我想笑，眼却湿了。

王好的春天

老张把房卡放到桌上说房费我已经付了，你可以在这里待到天黑再退房。老张走了后，王好把自己像虫子一样蜷缩起来，窝在暖烘烘的被窝，想美美地睡一觉。她已经好久没有在这么暖和的房间待过了。可她怎么也睡不着。

王好想起自己那个冰冷的家，她说，我一定要待到天黑。可转脸她就爬了起来给家里打了电话。她叫大丫带着妹妹来，她说，丫呀，这里可暖和了。要挂电话时，她又嘱咐大丫记得给妹妹戴上帽子，说外面冷，地上全是冰，走路看着点，别摔了。大丫早挂了电话了，她还在絮絮叨叨。她想，这个冬天，孩子们可是没少受冻。

王好是裁缝，店就开在家里。那年城里改造管道，很深的暖气地沟挖到了门口，好多人家都接上了暖气。可男人不让接。男人说有交的钱还不如自己烧暖气呢，想要多热烧多热，还有热水，洗澡洗衣服洗菜洗碗，多方便。男人说，我保证，屋子会像春天一样暖和。

男人拆了烟筒铁炉，给家里装了一套锅炉、暖气片。寒冷的镳头敲打着这个小城时，男人已经将锅炉烧得旺势，锅炉旁的水箱得得得得唱得欢快。孩子们也从老家接来了，在屋里看电视，做作业，打闹，哭笑。可热闹了。

王好记得那年她手上的冻疮也没有长出来。屋子里太暖和了。插在盆里的蒜长出了稀溜溜的蒜苗，翠绿翠绿的。吊兰也长得轰轰烈烈。白菜心泡到水瓶子里，两天的工夫就开了细碎的黄花，一朵一朵，伞一般。萝卜也开花了，绿的缨子黄的花，是，好看了。做衣服的人一进门就嚷嚷他们这屋子真是暖和，说快赶上春天了。来做衣服的人都是老人。年轻人谁还做衣服穿？老人们来了，就要在店里一上午一下午的坐。她听着老人们的念叨，就去看男人。男人哒哒地踩着机子，也正好抬眼看她，眼风倏地从她脸上抚过，悄悄地挤一下。也顽皮，也得意。她抿着嘴，笑得粉嘟嘟的。

王好哪里想到，那个冬天是她的盛世，也是她的末世。

因为那个人的出现。想起那人，瘦干的如一截枣木一般，直愣愣地戳在王好脸前，让她量尺寸，一双眼迷瞪着在她的脸上胸上绕。她说叫他给你量吧。男人却没起来，是连头也没抬起，说你量吧，我这手上的活急。她只好起来，站在那人脸前，肩宽，胸围，袖长，身长。量到领子时，那人呼地把一口热气喷在她的脸上。她倏地躲开，就看见那人诡秘地笑。她扯着袖子擦着脸，一根皮尺就摔到了那人身上，骂道，要死啊你个不要脸的。

男人从机子上抬起了脸，哒哒声没了。可房间一点声息都没了。厨房里的水箱兀自得得地响着。男人手上抓起了剪刀。裁缝的剪刀。剪了十五年蓝布黑布的剪刀，最后剪破了那人的肚皮。过后，她想，要是我忍下那口气就好了。她恨死了自己。

男人关进去后，裁缝店还开着。不开怎么办？大丫二丫还要抚养。只是冬天的锅炉不能烧得旺势了。暖气管的热如墙角的蛛网，似有若无。

王好心说那么暖的冬天她再也不会有了时，老张来了。老张是王好在一次买布时认识的。老张搞布匹批发。老张从他的城里来到这儿，就要约她到宾馆。王好想起老张，心里飘过一丝的欢喜，也落寞。是无奈了。王好哀哀地叹息，穿好衣服，又把被子扯好，等着大丫二丫。

大丫一进来，就站在床边不动，瞪着眼睛看。二丫咯咯笑着，扯下了帽子围巾，又摔了鞋子，跑到卫生间看，又砰地开了电视，咄地坐在床上，说，真暖和啊。王好说，可不是，脱光了也不冷。王好说完脸就烧了，不敢看大丫，把二丫抱过来，催大丫脱了衣服洗澡，说一冬天了也没好好洗个澡。

大丫还是不动，说要不少钱吧这里？

王好说，肯定了，这么暖和的房子，还有淋浴还有电视你想想。

大丫说，那得好几百？

王好说，肯定了。

大丫说，你有钱？

王好愣了一下，不知怎么说了。大丫昨天要二十块钱说是老师让订报纸，她掏摸着，就是凑不够。昨天老张来了，她刚把上次欠的布钱给了老张。

大丫又问，你有钱了？

王好胡乱点点头，说预告又有寒流，再洗澡还不知到哪天了。洗了澡，你们可以在这里玩到天黑。

大丫说，这是不是张叔叔的房间？早上我听见张叔叔给你打电话，叫你来宾馆。

王好瞪着大丫，她突然发现大丫长大了。

大丫说，王奶奶和李阿姨说你跟赵老歪李胖子好，你又跟张叔叔好？

王好的眼睛瞪得更大了。她咬着嘴唇，要拉大丫的手。大丫一甩手，说，你说你到底跟谁好？

王好说别听她们嚼舌头。

大丫说，我爸爸就是因为你跟人好才进了监狱是不是？你真不要脸，你是个坏女人。大丫像机枪般哒哒地朝着王好喷射完，嗵地摔门走了。

王好愣了好一会儿，二丫叫她，她才醒了过来，默默地把二丫抱到淋浴下。淋浴发出细微的声音，唑唑唑唑，温暖，忧伤。王好沉浸在惆怅的忧伤的情绪里，一瞬间，她觉得自己的行为无聊透顶，荒唐至极，滑稽可笑了。

王好把二丫抱了出去。

二丫说，还没洗呢。

不洗了，回家吧。

王好是想赶快离开这个地方。

暗　香

　　王丽和陆风都在老赵家的饭店打工。王丽是服务员，陆风是厨师。客人点了菜，王丽就记在本本上，撕下，从一个很小的窗户口喊了陆风，递过去。

　　那个窗户真是小。王丽喜欢这个小小的窗户。从小窗户给陆风递菜单，从陆风手里接过菜，王丽觉得又神秘，又好玩，说小窗户口跟个洞口一样。老赵问她那是陆风在洞里？还是你在洞里？王丽就咯咯笑着不说话了。

　　没有客人时，王丽站在小窗户口的这边，陆风趴在小窗户口的那边，扯闲话，有一搭没一搭，东一句西一句。有时，王丽不说话，陆风也不说话。他们，就静默着。

　　王丽喜欢陆风。

　　她喜欢陆风在厨房里砰砰啪啪干活的样子，喜欢陆风透亮、爽朗的笑声。王丽还喜欢陆风的牙齿。陆风的牙齿怎么好呢？也没什么特别的，可那白釉般的光把王丽的眼神闪得一跳一跳的。有一天，陆风从小窗户口给王丽递菜时，王丽发现了陆风左手腕上有个指头大小的肉球，深红，光溜。王丽喜欢这个肉乎乎的疙瘩。端菜时，总要用眼睛把那疙瘩抚了又抚。

　　陆风喜欢她吗？王丽不知道。好像是，陆风并没有把她放在心上。有一次，王丽听见陆风对着手机笑得春风荡漾。她想电话里肯定是个女孩子。她就悄悄地掉下几滴泪，可心里，还是喜欢着陆风。

　　清明节前，陆风说要回家上坟，跟老赵请假。王丽听见了，就悄悄地买来金纸银纸，是那种裁好的小方块纸，专门让人叠了"金元宝""银元宝"，给过世的亲人焚烧。

王丽把金纸银纸揣在围裙的兜里，一有空就靠在小窗户边，跟陆风说着话，叠着"金元宝""银元宝"。等到陆风要回家时，她已叠了好多，都给了陆风。

　　陆风举起满满一包"金元宝""银元宝"，眼睛一瞪，旋即，就嘎嘎笑着，也没说什么，在王丽的头上轻轻摸了一下，就走了。

　　陆风不在店里的日子，王丽一直想着他。王丽站在小窗户口，想陆风干活的样子，说话微笑的样子，想陆风手腕上的那个圆溜溜的肉疙瘩……想到陆风在她头上摸那一下时，王丽觉得头顶陆风摸过的地方痒痒的，头发好像飞起来般飘动。她就把手放在那个地方，放了好久。王丽慢慢地想着，一点一点地咂摸。好像是，想快了，就没了似的。

　　王丽说，原来惦念一个人，是这么好。

　　陆风回来时，王丽看见了。王丽站在饭店门口，一直看着陆风从远处一晃一晃走了过来。等到陆风进了厨房，王丽欢喜得又倚在小窗户口边了。

　　可是，很快的，王丽觉出了陆风的不高兴。炒好的菜放在窗户口，一句话也没有。一天，都没有说一句话。

　　那天晚上，饭店要关门时，王丽敲敲小窗户口叫陆风下班。王丽每天晚上都要等陆风出来，看看他，跟他说上一两句话才走。王丽是想要带着陆风的神态睡觉。

　　厨房那边没人答应她。

　　王丽就再敲敲，还是没有声音。她心一慌，就跑到了厨房。

　　陆风在喝酒。没有菜，一杯一杯地灌。

　　王丽站到陆风的背后，足足看了他三分钟，才问，咋了啊你？

　　陆风不理她，仰脖又是一杯。

　　王丽还是站在陆风背后，说，别喝闷酒，伤身……王丽是不想看到陆风伤心的模样。

　　陆风瞪着红胀的眼睛说，为啥？为啥她不喜欢我？

　　土丽柱子般僵住了，似乎是，她不知道手往哪儿放脚又该怎么站了。

　　陆风咕咚又是一杯，指着空酒瓶子说，你知道不？这世上什么都可以没有，独独的，不能没有爱情。

　　陆风的眼泪淌了满脸，王丽的眼泪也清凉凉地流了两行。王丽把手放在陆风的肩上，轻轻地捏一下，又捏一下，流着泪，不说话。说什么呢？王丽觉得心里苦死了。

陆风猛然转身扑在王丽身上，呜呜地哭。

王丽先是一惊，胶着了般不能动弹，可是，分明的，她觉得了内心柔软得要命。她轻轻地抱住了陆风。

陆风哭着问为啥为啥？

王丽拍着他的背轻轻地说没事，睡一觉，睡起来就好了。

王丽把陆风搀到厨房旁的小屋子，陆风的宿舍，把陆风安顿到床上，盖好被子转身要走时，看见了陆风左手腕上那颗肉疙瘩。她伸出一个手指头，在那颗肉疙瘩上轻轻地摸了一下，抬眼看陆风时，陆风已经睡着了。王丽就在那个肉疙瘩上又摸了一下，看着陆风睡觉的样子，她说，睡觉的样子也是这样好看。就低下头，在陆风的脸颊上亲了一下。

王丽站在陆风的床边，看了好一会儿，才走出去。

这是一个温暖的春夜，王丽默默地朝家走去，内心又悲哀又欢喜。

# 月亮桌

她望了一眼灰白蒙蒙的窗户，眼瞅见一股风呼啸着从窗缝里挤了进来，像一只钩子，直直地奔向她，轻轻的一下，就撅走了她的半个魂魄。剩下的半个单薄弱小，却紧紧绕着靠炕墙抵着的炕桌，死死缠绕，不肯离去。

她知道自己快不行了，不是今天就是明天。命在骨头缝里，自己最清楚。她只是不甘心，从被里伸出干枯的手摸着炕桌，抖得跟枯枝上挑的一片干树叶子，梆梆地敲打着炕墙的半张桌子，哭诉，半张桌子圈了我一辈子啊……

半张桌子是男人走时留下的。他们结婚才三天，男人就走了。男人说，挖煤背炭挣钱多，挣下了，给你盖三间大北厦。两张半圆形桌子，他把一张劈成了柴，塞到了炉子里，剩下的半张靠在炕墙上，给她留下。男人对她说，等我回来，给你一张圆桌。她看着半张桌子心说，他这是给外人警示也是给她警示哩。

从此，不到天黑，她的门就关了。不到天亮，她的门是不开的。她就靠在那半张桌子上吃饭，做针线。没事时，她把自己倚在那半张桌子上，掰着手指头算男人走了三月五月了，一年两年了……算来算去，口子轰隆隆风吹着般十个手指头都不够用了，她的一张浅粉月白的脸映在桌子上也成了黄亮暗灰的了，他还没回来。

男人的二叔却来了。一个晚上，二叔拨开她的门，从身后一下抱住她，头抵在她的脖子上，呼呼地喘粗气。她抓起桌上纳鞋底的锥子，倏地刺了过去，哭着斥骂二叔猪狗不如，说，你还是叔哩，不哀怜我守你侄子的苦焦，还来欺负我？二叔手一松，气哼哼地，守你个脸啊守，你跟张更更的事别人不知道，我可都清楚哩。她举着锥子哭骂，我跟张更

更有啥事我跟张更更有啥事？二叔噎了下脖子，骂她克星，说哪个敢娶你？只有我这镢头硬，能垦了你的地。她扔下锥子，顺手操起了镢头，嚷，你敢把你的镢头露出来，我就能用这镢头掘下你的头。

二叔骂骂咧咧走了，她却瘫在地上呜呜地哭了半宿。

隔墙的张更更听见了，翻墙过来，二叔早跑没影了。没有月，张更更也能看见她满脸的泪，帮她抹一把，抓握着她的手说，挖煤背炭的，死人是常事，等他半辈子了，也对得起他了，再嫁一家，也不这样的受人欺负。

她摇摇头，说，他给了我半张桌子，让我等他哩，他是为了我出去受苦卖命去了，我咋能拍屁股走了呢？顿一顿，揉捏着张更更的手，怅怅的，这辈子就是对不住你。张更更家穷，没有媳妇老小，看她一个女人家，手上没有二两力气，帮她搭个手，又怕人看见说闲话，总是趁着早起或者黑夜悄悄地帮她挑水劈柴、翻地种麦、收秋打夏。

张更更黑沉暗暗地叹着气，人活一辈子就是活个舒心。瞅着你高兴，我心里也爽快，你难过了，我就揪心哩。又劝她，要是不嫁人，抱养个娃娃，热热闹闹的算是个伴儿。

她目光热热地望着张更更，这辈子有你惦记，我死了也不冤枉。倒是你，有了合适的女人，就娶了。

张更更瞅着她，笑得跟苦瓜一样，心里有你哩，我这日子就不觉得苦焦。

月亮不知什么时候出来了，月牙儿浅白淡黄地笼下一世界的朦胧。张更更说，你看人家月亮还有个初一十五，还有个月牙月圆哩，你这日子，就只是个初一不见十五啊。张更更叮嘱她关好门，转身要走时，她说要是不怕她这个克星，就在这边歇一宿。张更更的心忽喇跳了一下，一下子柱子般站住，却说，别听人瞎说，你是个好女人，我就是不想让你受委屈。我知道，你心里还有他哩，我愿意陪着你等他。

她脸上一下子就汪洋一片。

她到底熬不过日子，没有等上她的半张桌子变成圆桌，岁月深处青白铁灰的风就撅走了她脸上的黄亮，撅走了她半个魂魄。她吩咐张更更，死了，让半张桌子陪着我。

张更更点了头，却没有把桌子放在她的墓穴，而是放了一张圆桌，同时放进去的还有一个小小的棺材，棺材里放了一套男人的寿衣，黑绸子蓝缎子上贴着一张白纸条，纸条上写了一个名字：张堆堆。是那个给了她半张桌子让她等了一辈子的男人的名字。

张更更苦巴巴地说，活人时不圆满，死了，你也该有个圆满。

好多年以后，没人记得她。倒是那半张桌子，人都称为"月亮桌"，还完好如初，被人放到了一处景点的旧宅子里。游人摸着月亮桌，都惊讶月亮桌的沁凉。人们不知道，那凉是她用一生的泪水浸泡的。

收　藏

　　老赵正在擦拭手里的瓶子时，侄子打来电话，说县上电视台要拍个鉴宝节目，想把罐子给专家看看。侄子说，就让专家看看咱那罐子值几个钱吧？老赵不同意，老赵说，不管值几个，也不能卖，祖上传下来的，就是给后辈一个念想。侄子诺诺着不知咕哝了些什么就挂了电话。

　　老赵不知道侄子记住他的话没有，端详着手里的瓶子，手指头顶着抹布，一点一点地仔细擦拭，一个精致的玫瑰花形的玻璃瓶子就亮晶晶地立在了他的手心。老赵看着瓶子，刚才的烦乱也像被擦拭掉了般，欢喜了起来。

　　刘婶来了。刘婶问他年跟前了，回去不？老赵说不回去，趁着过年家家都要清扫说不定还能捡到几个瓶子呢。刘婶就嘱咐老赵出去时多穿点，说天好像要变哩。转脸走时，刘婶看老赵还在专心擦瓶子，轻轻在门边上靠了一下，出去了。

　　老赵擦完瓶子抬起头时，门口已没了刘婶的影子。门帘呱嗒呱嗒兀自在门框上磕打。风从门帘下窜了进来，浓浓的土腥味里夹着潮湿味。大院子很安静，只有风在堆积的纸壳子废纸上乱窜，一个饮料瓶子被风吹着，咕噜噜滚一下，咕噜噜滚一下。老赵听着，心里掠过一丝的落寞，悻悻地嘀咕道，都回去了。

　　老赵不是不想回去。可，回去看谁呢？老婆死了，儿子去年也得病死了，就一个孙子，也让他妈带走了。老赵捏捏手里的瓶子，把瓶子举起来对着窗户看，看到瓶底还有一点黑，又扯了抹布，使劲地擦，直到那瓶子晶莹剔透，才停下了手。

　　是一个香水瓶子。

　　老赵喜欢收集香水瓶子。老赵的桌子上有三十六个香水瓶子，都是老赵收废品时拣来的，也有的，是别人给的。跟老赵一起出来的老乡，都知道老赵在收集香水瓶，刘婶就给过老赵好几个。三十六个香水瓶子形状各异，都让老赵淘洗、擦拭得干净、透亮，摆到了一张破旧的桌上。老赵把手里的香水瓶放到桌子上，又拿起一个看，照着窗户看了一会儿，放下，又拿起一个。晦明的光照着香水瓶子，也照着老赵的脸。老赵那张粗糙、紫红的脸上就罩了一层轻轻淡淡的微笑。

谁也不知道老赵一个男人怎么就喜欢收集香水瓶子？有一次老赵被问急了，就嘿嘿笑着说，萝卜白菜，各有所爱。老赵说这话时，就拿眼角扫一下一旁的刘婶。刘婶也正好看老赵。他们的目光轻轻一碰，受惊般跳开了。可老赵看见刘婶的脸红了。老赵心说，她肯定知道。

老赵看着香水瓶，要出门时，门帘呱嗒响了一下，刘婶端了碗饺子进来。

你不是回去了吗？

你不是不回去？刘婶看着老赵，笑呵呵的，趁热吃了再出去吧。别忘了戴上帽子，人老了，头不能受凉。

老赵听着刘婶的唠叨，心里眼下一点一点就热了起来，叫刘婶打开电视看，他赶紧低头吃饺子。

当地电视台正在播一个鉴宝节目。

老赵吃着饺子就看见电视上有个人抱个罐子走到了专家桌前。老赵就嗷地叫了一声。刘婶也看见了那个人，说那不是你侄子吗？

老赵说是。

他们就静静地看着电视。他们听见专家说那个罐子值五万。

老赵看一眼电视，想给侄子打电话叫侄子把罐子拿回去，想想，没打。他知道他是管不了那么多了，祖宗传下的罐子，总是要从他手里传下去的，若是罐子能让侄子过上好日子，老赵心说，老祖先知道了也不会怪罪我。老赵看一眼桌上明净、透亮的香水瓶子，心似乎让这些光亮罩住了般，渐渐安静了下来。

老赵吃一口饺子，说，真正喜欢收藏的人是不在乎它能值多少钱。

那在乎啥呢？

在乎收藏的东西给他的欢喜。

像你这？刘婶靠在桌边，指着桌上的香水瓶子，说你再没个喜欢的了，一个男人，咋就喜欢个香水瓶子？

老赵说，你不知道？一个饺子堵在嘴里，老赵噎得抻直了脖子，急得问，你不知道？你真不知道？

刘婶摇摇头，看老赵急得脸红脖子粗的，心说我咋能不知道？她是想听老赵一句话。她在等老赵一句话。

老赵真想扯住刘婶的手对她说你忘了你说过喜欢香水瓶子？可是，老赵没说。老赵心说他一个收破烂的，能让刘婶享什么福？这样想时，老赵的心里的惆怅就雾般氤氲开了。老赵告诉刘婶，看着这些个瓶子，我心里就觉得亮堂，我觉得这日子挺好的。老赵问刘婶，你不觉得？

刘婶不看瓶子，一双热切切的眼睛看着老赵。

 # 我们的本本

　　芸电话打来时，我正在做梦。芸说，我快不行了。顺着芸近乎绝望的声音，我一下就走进了我的梦里。

　　也就是在刚才。刚才的梦——我和芸在河边走着，芸看见一株芦苇就倏地跑了过去。长而阔的黄河黄汤般流淌。河边只有一株芦苇，顶着雪白的毛茸茸的"旗子"，鬼般招摇。芸没有摘到芦苇，却扑通一下掉到了河里。芸在水里扑腾出了大的小的黄泥点子，子弹般纷纷向岸边射来。芸喊，救我。我从岸边扯了根稻草给她扔了过去。我叫芸快抓稻草，我说只要你抓住稻草就能上岸来。芸在河水里扑腾着，努力地追逐着稻草，却怎么也抓不住。我扔了一根，又扔了一根，河里漂满了稻草，芸却抓不住一根……

　　我根芸说，我刚还梦见你掉水里了。我叫芸查查这个梦是什么意思。

　　芸有个本本，手掌大小，活页纸，彩色，记着各种梦的解析，还记着星座的流年时运、属相的婚配财运、面相与性格等等诸如此类的一些东西。芸自从有了这个本本，就成了我们行为的指南。比如我们去旅游，要先翻翻她的本本，看看是否适合外出。当然，本本带给朋友更多的是无聊时的开心。朋友们像信徒般认真地听芸念叨木木上的内容，将身边的人和事让芸嵌进本本里，去对号入座。我们都知道无聊透顶。我们都乐此不疲地听着芸巫婆般的解说。本本成了我们常玩不衰的游戏道具。我们从无聊出发，哄笑一阵后，又回到无聊。岁月有涯，无聊无尽。

　　本本丢了。芸说，我把本本丢了。芸的声音越发孱弱。芸用婴儿般细微又固执的声音问我，怎么办怎么办到底该怎么办？

　　我嘎笑着，说你别逗了芸，只有本本把你丢了，你是不会把本本丢了的。

我没想到我的一句逗闹话，惹来了芸的哽咽。芸说，本本真丢了。

我终于听出来芸不是开玩笑，芸的惶恐和急切攀着电话线嗖嗖地钻进了我的耳朵后，就像子弹钻进了洞里，砰砰地引来一片沉闷的爆炸。

因为那是我们的本本。

我们的本本跟我们小时玩的万花筒一样，一抖，是一个风景；一转，是一个风景。每个人都喜欢游戏。小孩喜欢，大人也喜欢。在万花筒转不动抖不动，或者我们不屑于再看它时，我们拥有了本本。我们的本本让我们享受到了游戏的盎然乐趣。

可是，我们的本本不见了。

我没有说话。我的脑子在急速地转动——芸随身带着的本本，是跟手机装在一起，跟钥匙装在一起，跟信用卡口红装在一起，怎么能不见了呢？

先去挂失。我忍住惶恐，提醒她。

芸气若游丝地说，不能挂失的呢？

是啊，不能挂失的该怎么办呢？我们的本本上不仅有我们喜欢的八卦文字，有我们的生活指南健康导向，亲友的一些重要日子，还有我们的信用卡密码手机密码电子邮箱密码，还有只有她自己心里明白有一些我也明白的对她很重要对我也重要的数字，比如，她承包那段公路给某人送了多少钱转包时某人又给她送了多少钱，比如，某局长的生日某局长老丈人的生日……我说芸你静一静，好好想一想，把能想起来的赶紧记下来。芸有气无力地说，我若有那好脑子，何苦要记到本本上？

我一时语塞。

芸又幽幽地说，本本丢了，预示着什么呢？

我发现自己比芸还要不安，好像灵魂被撅走了一半。我听见我的牙齿当当响着。

芸擤鼻涕的声音很响地传了过来。她说，只能预示着我再也不需要它，我和它的关系从此烟消云散。它在我身边，就像我亲爱的人一样陪着我呵护着我，给我力量帮我解难，却这么一声不吭地没有丁点儿预兆地不见了，说明我不需要它了，说明我不需要这个世界了。你知道，它是我与这个世界联系的纽带。

我听见芸的声音从我的嘴里发出。

第二天见到芸时，芸的脸像春天的桃花般俗艳。我疑疑呆呆地看着她。她拍着我的脸问我是不是做噩梦了？她说着就在包里掏摸。我知道她一定是找那个本本。我担心她找不到本本又像昨天那样伤心，我赶紧扯过她的手，不让她找。

她却伸开手给我看，手心里躺着我们的本本。

我说，本本，找到了？

她说，本本，什么时候丢了？

我说，昨天呀。

她说，昨天？昨天我回老家了，今天早上刚回来，包一直在我身边啊。她说，你不是在做梦吧？

我一下就魔怔了般愣了，半天才问她，你确定昨天没给我打过电话？本本真的没丢？

芸拍着我的脸，说你肯定把梦当真了，说出来，我给你解解。芸就翻开了我们的本本。芸的嘴一张一合一张一合。我却什么也听不见。我的耳朵里嘈杂一片。我急切地问芸你说什么你在说什么？

古镇人家

古镇的街道短，窄，布局是独特的 T 字型，黑瓦灰墙的房屋看上去拥挤，却不显纷乱，倒是挺安静的。近年来，是越发的安静了。短短的老旧的小巷子，斑驳的墙壁，坑洼的石板路，盛不下年轻的眼光和心思。镇上的青壮年坐船，或者火车汽车，去上海，去宁波杭州，或者，更远的地方打工，头也不回地走了。石板巷就更安静了。

周嫂子带着孙子小宝，叽叽咯咯的笑闹，从早上直到夜幕裹了古镇，给小巷子带来许多的热闹和欢笑，石板巷就泠泠叮叮地氤氲开一团一片的温暖和生机。

刘叔家和周嫂子住邻居，门挨着门，却没有周嫂子家的热气腾腾。这是刘叔说的。刘叔说周嫂子跟孙子把日子过得热气腾腾。刘叔的老伴早逝，儿子儿媳带着孩子在城里。刘叔看着周嫂子家的热闹，七拐八弯的皱纹里就多了许多的东西。

刘叔叫儿子把孙子送回来，他照看。刘叔心说，孙子回来了，他家也像周嫂子家一样的热气腾腾。

可是，儿媳妇不愿意。儿媳妇说，孩子两岁多了，快上幼儿园了，到了乡下，染一身的坏习惯，还说满嘴的乡下话。刘叔知道，儿子已经把孩子的户口买到城里了，他们，也在城里买下了房子。孩子到了上幼儿园上学的年龄，交上一笔钱，就跟城里的孩子一样了。刘叔只是不明白，家里有啥不好的？况且，镇上的幼儿园也挺好。刘叔把古镇说得天好地好，孙子也没回来。

刘叔就跟以前一样，落寞地蹲在门边，秃鹫般佝偻着背，看着周嫂子跟孙子一起玩闹。有时，也跟着笑两声。有时，周嫂子回去做饭，孙子不愿意回去，缠磨在刘叔身边，刘叔就给孩子讲故事，说儿歌，都是很久以前看过的说过的，一说，刘叔也没想到，竟然都在嘴边，能说好多。

有一天，周嫂子去街上买菜，嫌带着孙子累，就把孙子托付给刘叔照看一会儿。刘叔好的好的答应着，飞快地从家里拿来了饼干和八宝粥，都是儿子给他买的，他给周嫂子的孙子小宝吃。吃完，喝完，也不知他从哪儿找出铁环和陀螺，在巷子教宝宝玩滚铁环、抽陀螺。宝宝跟着刘叔比跟着周嫂子还要开心。周嫂子回来，宝宝不跟她回去，小尾巴一样跟着刘叔，爷爷爷爷叫得欢。

周嫂子不好意思，做了阳春面包了饺子，就端一碗给刘叔送去，烧了鱼虾，也要给刘叔送半碗。

没几天，周嫂子和刘叔的事就在小镇上传开了，人们的话题自然集中在刘叔和周嫂子的身上，这个房挨房檐靠檐的小镇上到处在传播这条新闻。

人们说，一个寡，一个孤，正合适。

人们说，没准，这俩人早都在一起了。

说什么的都有，而且是，越说越暧昧，越说越生动，细枝末节地演绎开了。

刘叔是在好多天后才从人们的眼角嘴边寻思到了一些异样。他嘿嘿笑，不管不理那些闲话，看见宝宝了，还是一颠一颠地给宝宝拿饼干拿八宝粥，带宝宝叠纸飞机抽陀螺。宝宝哪知道世相？也还是像小尾巴一样跟着刘叔在石板路上这头跑到那头。

周嫂子害怕闲话，却拗不过宝宝，只好不等刘叔开门，就带着宝宝去另一条巷子玩。若是听见刘叔在门口，她就关了门，不让宝宝出去。

刘叔看出了端倪，就把给宝宝叠的纸飞机、扎的毽子放到周嫂子家门边，躲到门里，从门缝看周嫂子和宝宝，听他们在巷里的说笑，他也悄悄地跟着不出声的笑两声。这种不出声偷偷的笑，让人感觉到格外的心疼和无奈。

周嫂子再看刘叔时，就看见了刘叔眼里的黯然和热切，她的心里突然生了许多说不清的不安。阳光抚在古镇上，抚出来一条条悠长的阴凉，和挥之不去的黑深的忧伤。斑驳的木门、墙壁，石板路上大的小的坑凹，无时无刻不在诉说着岁月的匆忽和脆弱。周嫂子被眼前的景象弄得心碎。

周嫂子咬咬唇，回到家里，坐了好久，直到宝宝从刘叔家回来，她才起来去烧饭。周嫂子做了光面。她记得刘叔喜欢吃光面。她还烧了虾，蒸了鱼，都是刘叔爱吃的。

梆梆梆。很大的敲门声。执拗，大胆，故意给人听似的。就是故意给邻居听见让邻居知道的。周嫂子说，怕啥哟。隔着门，周嫂子高声大嗓门地喊刘叔，叫刘叔来端饭。

刘叔欢喜地接过饭，不走，叫周嫂子等一下。他扭身回去了。

刘叔从屋里出来时，把饭盒递给周嫂子，嘿嘿笑，宝宝醒了，叫过来，我用鱼骨给他做了个小枪呢。

周嫂子接过饭盒，觉出了饭盒的沉，打开一看，她的眼睛一下就瞪大了，眼泪也倏地在眼里绕开了。

饭盒里装着包子。不用看，周嫂子也知道，是她最爱吃的三鲜馅包子。

雨扑簌簌地下了。

雨，下在古镇的屋顶上，也下在青石板上。青石板路上旋即开出了一朵两朵……的水花，晶亮，透明，干净又好看。

清亮亮的天

六六呼啦啦喂完猪，就给卖饲料的张千子打了电话，叫张千子赶紧送一车饲料来，说猪吃得光光的，说比狗舔得还要光。六六说着话，就咯咯笑个不停。

撂了电话，六六就坐在院子里，等张千子。说是院子，其实是地头。六六在地里盖了五个猪圈，养着三十多头猪。六六看着黄了的玉米，想给男人打电话叫他回来收玉米，又不愿看见男人，心想那个木头桩桩回来戳到我眼前，还不如我自己辛苦些。

六六等不上张千子，就走进地里掰玉米。收玉米机一亩地要八十块钱哩。八十块钱能买一百多斤玉米。六六不舍得。可是，两行玉米还没掰到头，六六脚下一个趔趄，腰一拧，一股疼痛从脚脖子嘶的一下就爬到了六六的脸上。六六头上冒着汗，眼里淌着泪，气恨恨地骂自己窝囊，一瘸一拐地挪到屋里，又给张千子打电话问他走到哪儿了。六六想叫他问问医生，捎点药来。门外就响起了张千子三轮车的声音。

张千子跳下车，先不卸饲料，拉着六六进屋。六六哦哦嚷着叫张千子不要动她，说是脚疼。张千子蹲下来一把抱住六六的脚揉捏着，问她，真疼？怎么就疼起来了呢？六六叫张千子放下她的脚，不安地四处看着。地里没人。就是有人也看不见。绿的玉米棵子铺天盖地般好大一片，帷帐般围在六六的猪圈周围。

六六说今天真不行，脚疼得不行。张千子揉捏着六六的脚，一会儿又缠磨着要抱六六进屋去，说脚疼不碍事。六六不愿意，嘶嘶地说真疼。张千子瞪了六六一眼，一句话也不说了，也不揉捏了，吭哧吭哧地扛饲料去了。卸了饲料，六六看张千子要走时，叫张千子给她买一盒跌打丸，说筋可能扭了。张千子也不说买也不说不买，哼唧了一会儿叫六六给保健站打电话，说一个电话他们保准把药给你送来，我要去买，叫我媳妇看见了咋弄？

张千子三轮车的突突声都听不见了，六六还在门口愣着。六六没想到这个在她耳边许过天大地大愿的人连个药都不给她买。六六的泪水就涌了满眼。

六六跌着脚去买药时，男人噗嚓噗嚓回来了。

六六像个受了委屈的孩子眼泪又流了满脸，却没好声地骂男人驴，说收秋了也不知道回来，就知道跟个驴一样干活干活。

男人想说是你不叫我回来收秋，看六六跌着脚，就搂着她问怎么了？说着话，就把六六抱到车座上，要带她去医院。六六不去。六六甩开男人的手，冷着眼说没事，说坏不了，坏了，你再娶个好的。男人嘿嘿笑着，骑上车子旋风般药丸膏药的买来一大堆。

男人叫六六坐炕上别动，给碗里倒了白酒，点着，蘸着火酒搓洗六六的脚腕。六六吓得缩着腿。男人不让六六看，说，洗洗，活血。洗完，男人又将药丸用酒和了，敷在六六的脚腕上，用纱布一层层裹住。

六六坐在炕上，看着男人做这些，眼虽还冷着，却被心里的热烘着烤着，也有了一丝异样的光悄悄流淌开来。六六是没想到这个木头桩桩这个驴一般的男人还有这般的细心。

男人叫六六好好歇着，不要管地里的庄稼，也不要管猪了。男人喂完猪，又叫来收割机收玉米。一个下午，六六的六亩玉米就收完了。六六心疼钱，骂男人懒得动手就知道花钱。男人笑六六精明的人不会算账了，说下一场雨，玉米沤到地里咋办？男人劝六六想开些，不要光知道没明没黑的干活，说挣了钱干啥？不就是为享受吗？六六撇撇嘴，没吭声，看男人出来进去地忙着，像是看一个陌生的人。六六突然想起了张千子，心下就怅怅地暗了一层。

中秋的阳光暖暖地照在头顶时，六六突然想洗个头。六六想把头发洗干净了，梳两个麻花辫。男人以前说过，喜欢六六梳着麻花辫的样子。

男人欢喜地跳着脚说没问题，我给你洗。六六看见男人端来的水里泡着几片芝麻叶子。绿的芝麻叶柔柔滑滑地泡在水里，把水都染得润生生的绿。六六眼一热，就想起小时候，妈妈也是这样的在中午晒一盆水，水里泡几片芝麻叶，给六六洗头发。妈妈说，芝麻叶水洗的头发滑溜、乌黑。六六不知男人怎么也知道这个土法子。

男人给六六头发上撩着水，轻轻地揉搓着，欢喜地把工地好玩的事给六六叨叨个不停。

仰躺在椅子上的六六看见一个清亮亮的天。六六心说，天可真亮堂啊，没见过这么清亮亮的天。

战 争

张岚敲开B超室门要递体检本时，没想到刘慧琳站在门里。张岚的脸倏地硬下一层，心就呼嗵呼嗵跳得急促。她想缩回手，已经是不可能了。

张岚咬了一下槽牙，暗暗骂了一句"妖精"，心说昨晚没做噩梦啊，今天怎么遇着妖精了呢？

张岚骂的是刘慧琳。刘慧琳呢？肯定也没想到张岚兀地站在了自己前面，愣了一下，才说，本。张岚只好把体检本给她。刘慧琳缩进门里时说"等着叫"。门咣地闭上了。张岚对着门白了好几眼，一口唾沫直想往门上吐。

张岚在走廊里走来走去，不停地喝水。一会儿要做妇科B超检查，得憋尿。张岚记得上次检查尿没憋好，上了检查床，又叫一个年轻的男医生给搀了下来。这下等到快下班了，才挨到她检查。男医生抓着操作手柄在她腹部随便点了几下，说了声正常，就叫她走。张岚急得叫他再看看，说那么几下看不清吧？男医生不耐烦地呵斥，是我看机子呢还是你看？过了没几天，张岚的腹部不舒服时，再做了B超，果然检查出了毛病。

张岚心疼做B超花的几十块钱，就想着这次趁着单位体检准备充足，好好查查，可是，她没想到在这里会与刘慧琳撞个正着。

这妖精不是在彩超室吗？张岚咕咚灌下一口水，抬眼就看见同事吴姐从B超室里出来了，看见她，就奔了过来。吴姐对着她的耳朵悄悄地说，刘慧琳在里面。说完，还笑了一下。张岚看出吴姐的笑意味深长，也笑笑，说，她在正好啊，特检部主任，技术呱呱的。吴姐扁扁嘴，讪讪地笑笑，走了。

张岚举起水瓶子，又咕咚灌了一口，太猛了，衣服上撒下一大片。

B超室门开了，该张岚了。

张岚把手里瓶子捏得嘎吱响，咚的扔垃圾桶。

果然是刘慧琳操作B超机。

刘慧琳看张岚一眼，问她憋得怎样？说要不行，再喝点，我这有水。

张岚心里骂了一句妖精，冷冷地说好了，自顾躺检查床上。

刘慧琳手里抓着检查手柄，叫她把裤子往下点，说别弄脏了。

张岚不屑地哼了一声，心说，你还知道个脏？转眼又想，凭啥呢？这女人，小鼻子小眼睛的，好像没来得及长开就老了般，还黑，还瘦，扁平平的身子跟张纸一样，有什么好呢？张岚想着，心里的气又旋风般生了好几个旋涡，故意把裤子往下扯，她是想要刘慧琳看看她光滑、平展的腹部。她知道刘慧琳生孩子时是剖腹产，又是疤痕皮肤，小腹上跟趴了条虫子般难看。

34，26，两个。刘慧琳叫一边的护士记数据。两个？又长了一个？张岚知道刘慧琳说的是子宫肌瘤，她心里一个哆嗦。

刘慧琳觉出了张岚的紧张，说，不要紧，女人这个年龄最容易出问题，按时吃药，保证睡眠，不会有事的。

张岚想到刘慧琳肯定知道她白天晚上的打麻将，才这么说。可她顾不上骂刘慧琳了，她的心里黯然一片。

做乳腺检查时，张岚经过刚才的打击，心气虽有些收敛，可她还是把衣服撩得很开。她就是想让刘慧琳看她身体的哪一处都比她漂亮。

刘慧琳将手柄在张岚的乳房上下左右的移动，一下一下，不急不缓。张岚觉出了她的认真和细致，心里就有些佩服刘慧琳，可一瞬间，她的心又鼓胀得满是风雨。

乳腺增生，中度。刘慧琳说，不要生气，乳腺增生多是气血不畅，郁积而得的，注意调整好心情，再配合药物治疗吧。

张岚心说，不是你，我生的哪门子气？可她没吭声，整理好衣服，依然把胸脯挺得老高，站在一边等小护士填写体检本时，刘慧琳又对她说，你肯定误会我了张岚，我跟王军是你们离婚后，朋友介绍，我们处了一段才说婚嫁的，不是别人说的那样。

别人说的哪样呢？张岚想问问刘慧琳，可她没问，她相信无风不起

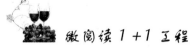

浪，再说了，为啥是王军住了一段医院回来就跟我闹离婚呢？

刘慧琳轻轻地叹息一下，劝张岚想开些，说事已至此，我也不好多说，以后，还是少打麻将，对自己好点，不管怎样，身体是自己的。

张岚拿了体检本，没理刘慧琳，走了。

走在路上，想起刚才的体检结果，又想起刘慧琳的话，张岚心里乱纷纷的。她没想到黑黑瘦瘦的刘慧琳的声音还挺好听，轻柔、恬静，每句话里都透着体贴、尊重和真诚。张岚不知道这是刘慧琳职业养成的习惯，还是她本就如此。张岚突然明白，王军看上刘慧琳，肯定是从喜欢刘慧琳的声音开始的。因为王军曾经没少嫌弃过她说话的粗枝大叶，说你这哪有半点女人味？

这样想时，张岚的脚步衰弱得快要迈不动了，内心的僵硬一点点在坍塌，鼓胀的气也消匿得没了踪影。张岚是没想到做了全副准备的战争，就这么败了，而且是，败在了刘慧琳的声音下。

爱的名义

一九四六年深秋的一天，羊凹岭的阳光很好，风也柔和，绸子般拂在李妮的脸上。

刺啦，刺啦，李妮纳着鞋底，竖起耳朵听屋里男人跟人低声地说话，她不安地左右巷子看个不停，一针要拉扯好一会儿。

男人他们在说什么？李妮不知道。男人不跟她说。李妮是男人的童养媳，男人却唤女人姐。男人从县城的学堂回来后，就忙了起来，经常出去，一出去，几天都不回来。也有人来家里找男人。人一来，男人就唤李妮出去，嘱咐她别远走，坐门口。

李妮知道男人是叫她看着人，她隐隐觉得男人在干大事，可她不问，一句也不问，提着蒲团端着针线笸箩就坐到了大门边，有人来，她就咕咕地唤鸡，或者喵喵地叫猫。屋里的声音倏地就静默了。

有一天，李妮从门缝看见屋子的土墙上挂了一块红布，红布的一角有灿灿的镰刀斧头样。男人和两个人站在红布前，举着拳头……李妮一惊，针扎到了手上，心慌慌地轻手轻脚地又坐到了门口，还好，巷里没人。李妮听说过红布和红布的故事。李妮没想到男人也跟红布有关系。李妮的心一卜子热热的。

一个深夜，男人发高烧，咳咳着唤来李妮，把一个布包交给李妮，说，姐，这个很重要，关系着五仙村一村人的命。

男人说，姐，你行吗？

李妮说，你行我就行。

男人点点头，说，姐，让你受苦了。

李妮眼里一热，却装作镇定地说，放心，我在信就在。

李妮把信揣在肚兜里，转脸走时，说，我有一个事。

李妮说，我想在那块红布前，也举一下拳头。

男人不解，为啥？

女人说，因为你在红布前举过。

男人的心一下就柔软了起来，心潮涌涌荡荡。男人是没想到他的童养媳他的姐姐，一个看上去粗粗笨笨的女人原来有着觉悟的思想和细腻的情感。

男人从墙缝里掏出一团柴草，柴草里摸出一个布包，打开布包，李妮看见了那块红布。男人把红布挂在墙上，告诉李妮这是党旗，共产党的旗。男人说，在党旗下宣誓，就是共产党员了，就要为人民做事。只要是对人民有利的事，流血牺牲不怕，严刑拷打不怕。

男人看着李妮说，你怕吗？

李妮说，不怕。李妮看着男人的眼睛说，你在哪儿我就在哪儿，你爱的就是我爱的。

男人愣了一下，说，入党，得经过上级领导和同志们的审查。

李妮说，我等。

李妮要走时，男人扯过一条围巾给李妮围上，说，冷，小心点。

李妮知道，围巾是男人县城的女同学送给他的。可李妮没有拒绝。李妮喜欢男人给她的这份温暖。

李妮没想到送完信回来后，屋门洞开，不见了男人。

李妮抱着围巾，瘫坐在地上，嗷嗷地哭。李妮有一种不祥的预感。果然，再看见男人时，是在县城的乱坟岗。男人被敌人暗杀了。

日子长长短短的过着，李妮每个晚上，都要抱着那条围巾说一会儿话，家长里短，社会变革，唠唠叨叨，有什么就说什么。隔上一段日子，李妮还要把那面党旗拿出来，挂在墙上，想起男人在党旗前举拳头的样子，也举个拳头，笑一阵，哭一阵。

好多年后，县志上有了男人的名字，县烈士陵园的纪念碑上也刻下了男人的名字。男人是解放战争时期一名共产党员，组织参加了多次对敌战斗，发展了多名共产党员……

老了的李妮每年都要抱着围巾抱着那面党旗去陵园祭奠男人。李妮去的日子不是清明节也不是过年过节，是男人叫她送信的那天，是她在党旗下举拳头的那天，也是男人给她围上围巾的那天。

李妮把党旗挂在碑前，上了供品，点了香烛，围上围巾，举起拳头，喃喃一会儿，然后，就走到碑前，在男人的名字上划来划去，划着划着，李妮的脸上就划出了一行行的泪水。

　　李妮从陵园出来，还要到政府办公地方去。李妮要政府给她一个名分——她是男人的媳妇。

小棉袄老棉袄

一早起来，老周就发现伍秀华不高兴，嘟着个嘴，拽着个脸，眼圈红红的，不说话。

老周知道伍秀华又想女儿了，女儿和女婿在好几千里外的南方城市工作，还是去年过年时回来住了两天就跑了，说工作忙，说过年事多。真是忙啊，老周心说，忙得连爹娘都不要了。可老周偏不说女儿。说了有什么用？远水解不了近渴。老周问伍秀华吃啥？问了好几遍，伍秀华也不吭声。老周就急了，搓着手，低下头，对着伍秀华的耳朵，小棉袄小棉袄地叫。老周叫伍秀华小棉袄，伍秀华叫老周老棉袄。老周说咱的小棉袄指望不上了，你就是我的小棉袄我就是你的老棉袄。通常吧，伍秀华听见老周叫她小棉袄，心里就舒服得不行，嗤嗤地笑得像小姑娘般。可今天，伍秀华安安静静地坐在轮椅上，不说一句话。

伍秀华是个急脾气，嗓门又大，成天的大呼小叫，嘻嘻哈哈，捡着个芝麻大的事也能像电视上的新闻般播了再播。让老周没想到的是，刚入冬时，伍秀华擦桌子不小心摔了后，胯骨裂缝了，脾气倒是摔得好了。是有点好得过了，老周说，她不折腾，我就不自在。像这样闷着不说话，老周心里毛得更是不知如何是好。

老周蹲在伍秀华腿前，手抚在伍秀华的膝盖上，叫一声小棉袄，问一句咋的了？语气切切的，柔柔的，是有些不知所措，有些眼巴巴的了。直把伍秀华叫得脸上软和了。伍秀华果然是想女儿了。

老周帮她擦了泪，说不就一个电话嘛，打电话叫她回来。

伍秀华叹了声，说算了吧，他们在外不容易。

老周说，再怎么说有她老娘重要？

伍秀华摆摆手说来来回回要花不少钱。

老周说，要不，给她打个电话？

伍秀华说，晚上吧，正上着班。

冬日的太阳蛋黄般露出来时，人们看见老周推着伍秀华出来了。伍秀华坐在轮椅上，怀里抱个收音机，老周笑呵呵地推着在公园里转。轮椅走一路，呜哩哇啦地唱一路，有着说不清是冷清还是寂寞的热闹了。

老周推着伍秀华到小公园转。没有风，阳光棉袄般暖暖地罩了下来。灰雀儿在草地上一蹦一蹦的。小池塘的冰盖上，两个小孩子刺着腿，呲——滑一下，呲——滑一下，咯咯的笑声冰般清亮。

伍秀华说，看娃娃耍得多开心。

老周俯下身子问她，咱也滑滑？

老周真的把轮椅推到了冰面上。

老周抓着轮椅先是小心地走着，一会儿就嗖嗖地跑了起来。伍秀华抓着轮椅两边，咯咯笑个不停，叫老周慢点，说头晕。老周说好咧，对着伍秀华的耳朵悄悄地叫了声小棉袄，说坐好咧，要飞起来了。老周扯着轮椅转了个圈又转了个圈。伍秀华笑得高一声低一声，脸红得少女般，心柔软得就没了深浅，连声地说，你这个老棉袄啊你这个老棉袄啊。

老周看伍秀华高兴，也高兴得像个孩子，推着轮椅竟然伸胳膊撂腿地跳起舞来，边舞边喊伍秀华小棉袄，问她好玩不？

旁边的人说看这俩老家伙没个正经。

老周听见了，呵呵笑着，扭头说，我们就不要那个正经，是吧，小棉袄？

人们还在笑骂老周时，就看见老周摔倒了。老周的头先是向前倾着，而后仰了一下，就像一只大黑鸟般倒了下去。轮椅离开老周，兀自向前滑出好长一段。伍秀华在轮椅上咯咯咯咯笑得也响亮，也欢快，是开心了。

老周躺在冰上一动不动。

人们喊着老周喊着伍秀华并向老周跑了过去。

伍秀华听见人们喊她，皱着眉头愣了一下，扭头找老周时，没有看见老周，等她把轮椅调转过来，看见了躺在冰上的老周。伍秀华啊地尖叫了一声，就从轮椅上站了起来，向老周跑去。

人们看见，伍秀华跑得又快又稳，好像是，比他们还要快得到了老

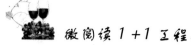

周身边。人们说，原来伍秀华的腿早好了啊。

　　伍秀华不让人们动老周，说不能乱动，谁带手机了帮我打下120。伍秀华蹲在老周身边，脸附在老周脸上，老棉袄老棉袄地唤。老周抬起一只手，在伍秀华的脸上摸了一下，说没事。说着就爬了起来。伍秀华搀着老周，叫老周坐轮椅，到医院检查一下。老周甩着胳膊腿，说你以为我是纸糊的啊。伍秀华说，真没事？老周说，真没事。老周说着就嘭嘭地拍着胸脯，说我这身子骨，硬实着呢。老周抓过轮椅，叫伍秀华坐上去。伍秀华嘟着嘴不坐，说你坐上我推。

　　人们看见老周对着伍秀华的耳朵，悄悄地咕哝了句什么，伍秀华的脸红红的，笑着坐上了轮椅。老周一瘸一拐地推着伍秀华回去了。

一河大水

已经是夏天了，可那一河黑水在丈夫的一再追问下，总是挟着冰凌向我压来，没明没黑，铺天盖地。

丈夫问，那男人到底是谁？你说，那男人到底是谁？

那是二月的一天，我和朋友去黄河滩玩。来滩上玩的人不多，谁都没想到脚下的冰面突然被上游的水冲开了一个大口子。刚刚还水波不兴、冰封凝冻的河道，瞬时就蠢蠢欲动。在冰上玩耍、野餐的人们喊着嚷着顾不上收拾东西，纷纷蹦跳到河岸。我要跳时，冲开的口子已经宽得跳不过去。看着呼呼流淌的河水一点点冲刷着脚下的冰，我嗷嗷地喊着朋友。朋友跳过去了，在岸上猴般乱窜没有一点办法。

别慌，我打110了。身后竟然还有人。

冰面上还有一个男人。男人镇定地说，别担心，会有人来救咱们的，你看岸上的人都在打电话。看了男人一眼，我心里也似乎安定了一些。我想男人也许跟我一样，稍稍犹豫了一下，脚下迟缓了一下，就被隔离到"孤岛"上了。

岸上的人喊着说已经打110了，救援的人马上就到。

看着河岸，我想这块冰面原来离岸边有挺长一段距离，回头无奈地看看男人，男人也正好看我，嘴角扯了一下挤出一个笑，没再说话。他也许和我一样担心一喊一用力，脚下的冰就会坍塌。我们都感觉到了脚下的颤动。冲开了河道的水看上去流得平缓，可依然在不断地冲刷着冰。冰，在一点点融化着。

天黑了。阴天，天一黑，好像一下子就黑漆漆的，黑的没了天地，连那一河水也黑了，像一个阔大的陷阱，睁着阴鸷冷冽的眼，看着我们，咯咯咯咯地偷笑。救援队伍还没来。岸边的人说来河边路上的冰雪也在消融，救援队伍被阻挡在了泥水里，他们正在泥水里往河边赶。

我蹲在男人的脚下，无声地抽泣。男人蹲下来，抓着我的肩膀，说没事，别怕。我靠在他的胸前，牙齿咯噔咯噔地打战。我问，我们，是不是要死了？脚下的冰块似乎在加速融化。他轻轻拍着我的背，安慰我没事。他说，我会游泳，我在游泳馆当过教练呢。我哦了一声。在这个孤岛上，我相信这个陌生的男人。

岸上的摩托车、汽车都打开了车灯，一条一条柱子般的光照不亮宽阔的河。岸上的人一遍遍拨打着电话，一遍遍的回复都是"已经出发，正在路上，马上就倒"。

脚下的冰开始动了。我紧紧攥着男人的胳膊。男人搂着我的肩膀说，水要是冲到了脚下，我喊123，你抱紧我，我带你游。男人说，相信我的技术，黄河，也游过。冬泳，每年我也要游几次，冬泳对身体有很大的好处，你信吗？男人不等我回答，又问我喜欢游泳吗？男人说回去了，可以来我的游泳馆学游泳。我点点头，又摇摇头。我不知道还能不能回去。我的牙齿咯噔咯噔响个不停。我不知道这时候了，他还有心思说游泳好处什么的。我紧紧抓着男人的胳膊，惊恐地看着黑魆魆的河水。

脚下的冰又动了一下。我说怎么办怎么办？男人还是一副淡定的样子。我看不见男人的脸，我是从男人的声音里听出来的。男人说，你记得抱紧我。我说，那样会连累你。男人就呵呵地笑了，说保护女人是男人的天职。我没想到这个男人还挺幽默，我没笑。我笑不出来。

水呼呼地催命般流着，空旷的河上风也大了起来，脚下的冰越来越大地颤动。男人说，快，抱住我。男人抱着我跳下了水。男人一手抱着我，一手在水里划。男人在水里教我憋气，教我划水。男人说，别紧张，放松。我听着男人的话，在水里却扑腾得纷乱。春寒料峭，河水带着冰的寒冷刺向我。

救援队伍终于到了。

岸上霎时亮如白昼。

在人们的吵吵嚷嚷中，救生艇在水里打着旋，终于划到了我们身边。

在岸上，闻讯赶来的丈夫跑过来给我身上披一件棉大衣，拥着我往车里走时，问我一起救上来的男人是谁？我打着哆嗦说不知道。他一下就停住了脚步，脸色冰块般冷而白，问我，他到底是谁？你是不是跟他一起来的？那么多人都跳上了岸，怎么巧巧的就把你们隔到了冰上？他还抱着你……我的脚一下冰冻了般走不动了。我缩着肩膀、打着寒战问他，你说什么你在说什么？

春天过了，夏天都要结束了，可我总觉得那条河水还没有解冻。它总是挟带着冰凌从丈夫的眼里嘴里山呼海啸般向我压来，没明没黑，铺天盖地。

看见你影影我就喜欢你

新媳妇早上骑着驴走了，下午回来的只有驴。驴背上代替新媳妇的是一封信。信是新媳妇写的。

新媳妇要跟男人离婚。信中说，结婚一年了，男人都是抱着画框在书房度过的。女人的好年华有几年呢？

男人的爹娘心里明镜似的，扯扯嘴没说啥，等着他们那宝贝疙瘩从羊凹岭上放羊回来。

这个宝贝疙瘩放着好好的少爷不做，就要吆喝着一群羊去放。他说，跟一个陌生的女人躺在一个炕上生儿育女过着柴米油盐的生活，还不如放羊自在、开心。他一手甩着长长的鞭子，一手提着画框，到了羊凹岭上。羊咩咩叫着你推我挤地拱着耍着，啃着青草，他在一边就看呆了。他觉得羊活得比人洒脱、自由。虽然羊有案上宰杀的一劫，可人能逃脱断气的一天吗？

看够了，呆够了，他就支起他的画框。画框也不过一块薄的板子上夹着几张大纸而已。他从袋里捏出一根炭条，画天上的云眼前的山，画流水青岚，画嬉羊飞鸟……也不知道哪一天——他也忘了——看见了岭凹里的那个小院子。

小巧的院子就在他的眼下。他站着能看见，坐下蹲下，很轻松地也能看见那个院子，还有院子里的人——一对老人，一个女孩子。

老人和女孩在院子吃饭说话出来进去快乐、和美的样子他能看见；女孩乌黑油亮的长辫子在背上甩来甩去，他能看见。还有，老人和女孩说话的声音，女孩唱歌的声音，顺着岭凹的轻风飘在了他的眼里。是眼里。女孩的歌声一声一声都落到了他的眼里。女孩唱：

看见阳婆婆我就想起了你；

看见你影影我就喜欢上你……

听见女孩的歌声，他就呆了。炭条在纸上划出好长一条线，他也没发现；羊呼啦啦走远了，他也没发现。他摘了一把酸枣。他要把酸枣送给女孩。他就把羊群赶到了女孩的家门边，敲门，讨水喝。却是女孩的娘端着水出来了。女孩在院子的树下纳鞋底。他接过碗喝了，却不走，抻着脖子看女孩。女孩的长睫毛一忽闪，看他一眼，咯咯笑着，脸上飞起了一团红。他把酸枣放到空碗里，把碗给了女孩的娘，嘿嘿笑着把羊赶到了梁上。他欢喜得呼呼呼把羊赶到东梁上，呼呼呼又把羊赶到西梁上，一会儿，羊又被他吆喝到女孩的门边……

他喜欢岭凹的这一家人了。他喜欢那个唱歌的女孩了。

他不喜欢他的家。他的家里只有阴云，只有潮湿，不是爹斥骂娘高声大嗓门的没有女人样，就是娘趁爹不在家时骂小婶一身的狐子味。爹和娘还有小婶之间的关系，他不清楚。他也不想清楚。看着凹里的这一家人，他才知道世上还有这样的生活，安静，恬淡，恩爱。

再放羊时，他不是把羊赶到能看到女孩院子的山梁上，就是到女孩的门口，听女孩唱：

阳婆婆在那圪梁梁上走，

小妹妹想哥哥泪蛋蛋流；

阳婆婆那个哎滚下了梁，

不见我那哥哥哎心慌慌……

听着歌声，他就打开了画夹子，对着那个院子对着那个女孩了。画绣花的女孩；画喂鸡的女孩；画扫院子烧火做饭的女孩……看女孩背上又黑又长的辫子柳枝般荡来荡去，听女孩高一声低一声的歌，他的心就活泛了。他就不管羊了。他就坐在山梁上，或者是，女孩的门口。他坐在哪里，女孩似乎都能看见他。女孩看他一眼，咯咯笑，把一曲信天游唱得惆怅又缠绵。

新媳妇走后，他高兴地抱着画，来到他的新房。新房明亮，温暖。他喜欢在新房里看画里的女孩。女孩笑靥如花。女孩温柔可爱。就连女孩眉目间深深的忧郁，他也喜欢。他看着看着，就哼起了女孩的歌：看见阳婆婆，我就想起了你……他想，明个把羊赶到岭凹那个院子里，告诉那个女孩他的爱。

第二天，他果然就把羊赶到了岭凹的那个院子，见到了女孩。

面前的女孩也笑靥如花，也温柔可爱，也有深深的忧郁在眉眼间绕，却不是唱歌的那个女孩。

他一下就跟一头羊一样呆住了。他不知道那个唱歌的女孩他画里的女孩哪里去了？他着急地问女孩的爹娘时，他的爹娘气急败坏地闯进凹里的小院子。他们看到那个让儿子丢下家业丢下舒适生活的女孩时，眼睛就像青石蛋子一样瞪得溜圆、光亮。

面前的女孩，是他们给儿子娶的新媳妇啊。

新媳妇说，我也是没了法子，我是从他的画里知道了这个院子知道女孩的。

新媳妇给了女孩爹娘钱，让女孩嫁了。新媳妇认女孩的爹娘做干爹干娘。

他听着听着就像一头羊愣怔了。女孩的歌声就在他的耳边响起了：

看见阳婆婆我就想起了你；

看见你影影我就喜欢上你；

阳婆婆在那坨梁梁上走，

小妹妹想哥哥泪蛋蛋流……

 # 手机是个大问题

情人节这天，男人对女人说，咱们玩个游戏吧。

女人说，人家给情人送花送礼物哩，你倒要玩游戏？女人不知道男人葫芦里装的什么药。

男人说，那有什么意思？你要玩，赢了，也会有礼物。

女人说，我不要你什么礼物，左手放右手，没意思，我就想让你陪我一天。

女人认为男人每天都是忙，好不容易男人今天休息，就应该跟她在一起。女人想去黄河边走走看看，她已经好长时间没去看过黄河了，尤其是春寒料峭的黄河景象，女人听说刚解冻的黄河上一块一块的冰凌在河道上漫游，像游走的花儿般好看。

男人就说女人提前享受老年痴呆了，说你忘了咱们以前总是玩游戏？

女人心说亏他还记得以前的事情。女人早在心里暗暗责怪男人对自己的冷落。女人说男人每天只记得工作裹了一身的烟火味连心也染俗了。

女人还没说话，男人又埋怨女人总是说生活不浪漫，我想浪漫了你又不配合。男人说，你赢了你说去哪儿就去哪儿。

男人把女人拉到沙发上坐下，说，咱都把手机放到茶几上，就今天，看看今天谁的手机上接到了异性暧昧的电话或者短信，谁接到了，谁就是输家，就得听对方的安排。

女人听男人说着，心里早忐忐忑忑跳得纷乱。女人心想男人一定是知道了她最近对他的怀疑查看了他的手机，才想到了这么个游戏。

女人不同意。女人虽没从男人手机上看到什么，可最近的男人早出晚归，有时一夜都不回来，回来了，问他去了哪里，也是含含糊糊地应付。男人事业有成。男人英俊潇洒。女人对男人不放心。可她不想让男

人尴尬。她深深地爱着男人。

男人却激将了起来，说你不同意是你不敢是你心里有鬼吧？

女人就有些火了。女人只好同意了。

男人和女人的手机就放到了茶几上。

男人和女人坐在沙发上看着电视，电视里演的什么呢？女人不知道。女人看一眼电视看一眼手机。手机在女人的眼里，像是一个定时炸弹，随时都有爆炸的可能。女人担心的当然是男人的手机。

响了。却是女人的手机。一段好听的萨克斯曲子送来一个短信。

女人看看手机，看看男人，一脸的困惑好像不明白哪儿响起音乐似的。

男人努努嘴，让女人看短信。

女人看是个陌生的号码，就给男人念着号码说是谁的呢？

男人催女人看，说发到你手机上肯定是给你的，看了就知道了。

女人刚打开短信，脸就红了。

男人说，念念？分享一下你的信息。

女人不念。女人说，肯定是发错了，我不认识这个号码。

男人抢过手机念了起来——亲爱的，我爱你，一生一世。我在老地方等你。

女人瞪着手机。

男人瞪着女人。

男人说，你输了，你说你是赶赴约会呢，还是听我的安排呢？

女人的脸烧红。女人指着手机说，不是的，我真的不知道这是谁的号码谁发的短信？女人说，这肯定是个发错的短信。女人说得急匆匆的，慌乱又气愤。

男人呵呵笑着，气定神闲的样子，问女人，那你是听我的安排，咱们继续游戏？

女人还想解释短信的事，男人抓了女人的手，说，走，你是输家，你得听我的。

男人开着车，带着女人来到了黄河边。

四野俱寂，连鸟儿也看不见一只，唯有黄河水流脉脉。

男人抓握着女人的手，说，你不是早就想看黄河的冰凌吗？

女人还在想着短信的事，女人说对不起，我真的不知道那个短信是谁的。

男人搂住女人说，说对不起的应该是我，这个游戏是我发起的也是我操作的，那个短信是我想让我们的游戏好玩些，拜托一个朋友今天早上给你发的。男人说，最近厂子事多，我不想让你担心，就没给你说，现在好了，麻烦都过去了。要不，我今天也没时间陪你。

男人说，手机不是问题，有问题的是心，是感情。

女人早忘了从前他们玩游戏她也总是上男人的当。女人泪流满面。女人看着男人，说对不起。

男人不让女人说话，叫她看黄河。

一块一块的冰凌荷花般在黄河里盛开了。

如梦令

是夜，无星无月，黑色浓稠。

清明蝙蝠般穿行在黑里，师傅的话犹在耳边——董夫人。董夫人。只说了一句，师傅就微阖双眼，默了声。清明就知道师傅的心意已定。可是董夫人……

说起董夫人，清明知道，知书达理，聪明过人，精通中医，双手打算盘，早已传为奇谈。董老爷，多年前的董少爷拜堂第二天就离家出走，杳无音信。她忍住悲痛，打理生意，为董家做了好几宗大单子后，顺理成章地成为家族主事。十多年来，为羊凹岭的百姓设粥修路、治病筑房，羊凹岭一带百姓都称她是百年难遇的"大善人"。

清明也知道，师傅说过的话已覆水难收，可是董夫人……师傅看出了清明的疑问。师傅说，什么大善人？假的，装的，嫌贫爱富、不念情分之人，与恶人有何区别？况且，我应了人，就该杀，就要杀。

清明不解，抬眼时，就见师傅双唇紧抿，唇边两道纹线刻般坚硬。清明看出来师傅的难受。

好一会儿，师傅才睁开眼，说，以此活命，是我们的悲哀。我们这种人生来就该有副铁石心肠，不该拥有感情，是，不值得拥有。师傅说到最后时，缓慢，低沉，还有些颤抖，一个字一个字从心里挖出来似的。清明看见了师傅眼里的盈盈泪花。

师傅说，知徒莫若师，交给你去办，是知你仁义，你去吧，不要让她死得难堪、痛苦。

很顺利地，清明拨开了董夫人的门。

灯烛下，董夫人正在看一个账本，清明站到她对面好一会儿了，她都没发觉。看完，啪地合上，轻轻笑笑，张嘴要喊总管时，看见了清明。

董夫人说，来了？比我预想的早了些。

清明一愣，心里叹服她的镇静，生硬地说，拿人钱财，替人办事，我们也是要糊口的，得罪了。

董夫人微微一笑，点头，知道。是有人想要我死呢，我为老百姓做了他们该做的，当然我也该做。若他们也能惜老怜贫，为百姓做些好事，世间就会少些饿死冻死的人，就会太平些了。

清明说，这，与我无关。

董夫人轻轻一叹，从我这支分到第一笔红利起，我就立下了规矩，一年三百六十五天，天天行善。利小行小善，利大行大善。我一直有个愿望，就是给羊凹岭建一所学堂，只是这些年来，我积蓄不够。羊凹岭是该有所大学堂，教化后辈子孙，改良民风民习了。

清明看着董夫人。

董夫人双目明亮，面若新月，坐在灯下，安静素美，就是刚才的那一番话，清明看见让她皱了眉头，脸上多了几分的惆怅和忧郁。

董夫人说，知道你们的规矩，活着，谁都不容易。只求你给我一天的时间，让我把家训写完，交给儿子，好让子子孙孙不忘创业艰难，经营艰辛，牢记赚钱念贫，善举绵延，也好不愧祖先，不愧为羊凹岭的子民。还有一件事是给东庄的张老汉治疗他的风湿病，再诊治一次，他就痊愈了。

清明第二天见到董夫人时，天正下着雨。绵绵秋雨，薄寒，潮润。董夫人一身黑衣端坐灯下，衣襟上袖口处立领下绣着细碎的花。月白色的碎花，星星点点，如窗外的雨，幽眇，缠绵，诉不尽的爱恨般。

董夫人看清明一眼，颔首，微笑，说，把这封信交给你师傅。

清明接了信，揣在怀里，看着董夫人。

董夫人说，动手吧。

清明按按腰间的剑。剑一动不动。剑是江湖有名的一息剑，一旦遇到仇敌，不待清明出手，就在鞘里兽般抖动，待清明拔出，空中只留一道寒光，对方已扑然倒毙。清明纳闷今日一息剑的安静。旋即，又释然，眼就有些湿润——杀人无数、寒铁冰冷的一息剑也知善恶也懂温情啊。

董夫人又催了一句，动手吧。

腰下的一息剑铸到了鞘里般，清明费了好大力气，才拔出，手腕一抖，剑当地掉地。剑光黯淡。董夫人的胸前开出一朵红花。

清明愣怔中，背后一人冲过，是师傅。

师傅抱起董夫人，哭，冷梅，我的鲽，对不起。

董夫人说，是我对不起你，鹣，不是我，你不会走上这条路。这些年来，我做的那些善事，就是在赎罪，为我，也是为你。答应我，以后，不要再干这个了。

师傅泪如雨下。

董夫人说，信里有一张银票，你若念你我之情，就再筹银钱，帮我圆了建学堂的愿。

师傅把脸贴在董夫人的脸上，说你放心。董夫人说了句下辈子再偿还你的情，就没了声息。师傅把董夫人紧紧抱在怀里，哭声雷响。

清明泪雨滂沱。

地上的一息剑上开了一朵梅花，娇艳，冷香。

窗外闪电霹雳，雷撼山岳。雨，下得更大了。

鹕　鲽

鹕？

是。

是江湖上传说的能文善武、风流倜傥的鹕？

他微微一笑。

那不还得有一个鲽？

师傅也是这么说的。他心说。那年，他七岁，在路边树下，又冷又饿。再过一个寒夜，他不被冻死，也会饿死。师傅把他抱到山上。师傅问他叫什么？他说蛮子。师傅就笑了，油灯下，一张白面脸皮笑得通红。他也笑了，说打小爹娘就这么叫的。师傅抓起笔，凝目看他，写下一个字，给他看，说，叫鹕吧。鹕鲽，说的是感情融洽的夫妻。我是没这福了。你，遇见了生命里的鲽，一定要好好珍惜。

鹕鲽。

他记住了，他叫鹕，这世上，必定有一个女子叫鲽，等着他。

冷梅还在捂着嘴偷笑。

他佩服冷梅的博学，已然忘记了自己是冷梅的阶下囚。他去行窃，冷梅家的一件玉器。有人出了高价，师傅说，去吧，只要货，别的，我们不要。鹕明白师傅的意思，他们门里的规矩，只为目标而去。师傅说，知徒莫若师，你去，我放心，相信你能顺手而归。

鹕却没有顺手而归。

在王家的房顶，鹕猫样行走时，听见脚下屋子琴声叮咚。他的心眼一动，脚步就放松了，不小心踩到了一片青苔上，哧溜往下滑时，他只好一个腾跃，翻身跳进院子。声音虽小，脚脖子还是拧了一下。鹕懊恼之际，准备无功而返，向师傅求情后再做打算。屋门却开了，地上倏地现一片光亮。亮里站着一个女子，王府的大小姐，冷梅。

冷梅说，进来吧，给你敷上药。

鹣知道不能去，可脚下却不听使唤，跟着冷梅，走进了那片亮与暖里。

鹣回去后，跟师傅说，他要去王府，长工，短工，都行。只要能进王府。

师傅说，英雄难过美人关，你也没逃脱。

鹣说我不是英雄，只是师傅的货，我没法取了。

师傅说，那个没关系，我想要的就不怕得不到。只是王大小姐，她若是你的鲽，我不拦你。

鹣说，她，就是我的鲽。

鹣相信自己的感觉——他是鹣，冷梅是他的鲽。

师父说，她若真是你的鲽，你要好好待她，人的一生很长，也很短，鹣鲽相见，难得，你要珍惜。师傅沉吟了一会，又说，只是王府门高墙厚，她愿意做你的鲽，她的父母愿意吗？

他说，我会等，只是师傅的再生之恩教养之情，要等来世报答了。

师傅看着他站在黄的光影里，伟岸，挺拔，满脸的倔强和幸福，就轻叹了一声，青枝碧叶的年龄啊，说，你若回来，山门永为你开。

鹣果真做了王家长工。担水磨面，看护家园……虽不能时时看到冷梅，可他知道冷梅就在这个院子。清晨，打扫庭院时，他挥着偌大的笤帚，哗——哗——扫得认真又勤恳。只有冷梅门前的小院子，他扫得马虎。也不是马虎。他故意把笤帚沾湿，在地上留下横横竖竖的印迹，如他的心思，也缜密，也纷乱，诉说不尽的思念和爱恋，都在那横横竖竖里。他想，冷梅能明白。冷梅，何等聪慧。果然是，明白了。那些横横竖竖印上，有一个一个鞋印。一个鞋印上有一朵梅花，小，而且巧，端正，又美好。

鹣抬眼就看见阶上的冷梅。冷梅知道他来，在阶上等着。

冷梅说，让你做这些粗活，委屈你了。

鹣说，只要能看到梅花开。

他挥舞起湿的拖布，刷刷刷，在地上写下两个黑的字：鹣鲽……

冷梅红云满面，眼睛深处，水波荡漾，很柔软，也很动人，看着他，说，鹣鲽……

雪，开始落了，轻轻悄悄地，落在那横横竖竖上，落在那一朵一朵的梅花上，还有"鹣鲽"上。

那天，鹣扫完院子刚要走，冷梅喊住了他，看他一眼，眼圈红了，鹣，我要嫁人了，父命难违，董家大少爷，董家在生意上救了父亲。

鹣咬咬牙，恨恨的，好久，才说，我等。

别等，等不上。进了董家，永世，也不会跳出来了。

鹣拧着头，我等。说完，就跌着步子，走了。

墙里墙外，啜泣声，低低的，却汹涌。这种压抑的无声的哭，给人出格的痛。

谁也没想到，结婚第二天董家少爷就走了。董家少爷对冷梅说，你就当我死了。结婚，就是为了老董家，为了爹娘的香火，你不是我的鲽，我也不是你的鹣。

冷梅问，若没怀上呢？

少爷说，天意若如此不顾念董家，我也没有办法。

少爷去了哪里，谁也不知道。有人说出家当了和尚，有人说跟街上做豆腐的王三子的女儿私奔了。

鹣听说后，一阵欣喜，跑去找冷梅。冷梅正在理账，让他走，叫他不要再来，这一辈子，都不要见了。冷梅说，不可能了，我，得讲信誉，仁义。

他问，鹣鲽呢？

冷梅哽咽，说，对不起。

他摔了茶杯，说，我等。

满地瓷片，白亮得刺眼，扎心。

冷梅捂着心口，泪如泉涌，喃喃，鹣，鲽。

他拥住冷梅，说，鹣，鲽。

夜色空明，寒凉，从很深的地方，一点点升上来。白露似霜。

离婚协议

男人把离婚协议拿出来时，女人眼里倏地被寒风袭击了般，惊跳了两下，心就悬在了半空般乱跳。虽说俩人已经说过离婚，可一纸协议放在眼前，女人还是觉出了伤感。

女人说，想好了？想好了我就签。

男人说，签吧。

女人说，我签，可有个条件。女人看见男人的眼神兀地紧张了，似乎是，还生气。女人太了解这个男人了。十二年的白里黑里，他的喜怒哀乐，又怎能会不了然于心？女人就觉得有些难过，还有点，悲凉，脸上不由得柔软了许多，说，别急，你陪我出去走走，回来，我就签。

男人的眼里还是如兽般警惕，去哪儿？

女人说，绛州。

那儿有什么好玩的，小地方。男人乜斜女人一眼，话语里满是不屑。女人听出来了，女人说，就去绛州。

男人看女人说得决绝，就躲在外面打了好一会儿电话，才说好吧。

女人知道男人的电话可能是打给那个女人的，是商量？请求？讨好？女人心里就觉得男人有点可怜，可恨，甚至是，可笑了。

男人要开车去，女人不让。女人要坐火车，说火车方便，也省心。

男人没想到女人买的是硬座票，车上就吼女人，你就差那几个钱？女人笑笑，说，十二年前，咱们去绛州，连个座儿也没有，你忘了？咱俩挤靠在过道上不也到了吗？男人看着女人，扯扯嘴角，说，那时不是没钱吗？女人点点头，是年轻。过了一会儿，女人又说，还是年轻好。

男人装作没听见，扭脸看窗外。

正是仲春时节，田野里大片大片的麦苗密密匝匝，黑绿，旺势，欢跳的样子。黄的野花细细碎碎的，绣在一起，也炫目，也可心。那年，好像也是这个季节去的绛州？女人这样想时，心就荡了一下，回头扫了男人一眼。男人觉出来了，也看她一眼。四目相碰，女人的眼里满是缠绕的柔情。

到绛州时，夜晚了。十二年前，他们在绛州火车站下车后，也是这样的夜。心，似乎也被夜色染得没了方向，不知该往哪里去？一个举着住宿牌子的女人招呼他们，说旅店干净还低价。那个小旅馆，凤梧旅店。女人哪能忘得了？女人吩咐出租车司机去凤梧旅店。

男人不同意，要找个好点的，说又不是住不起。

女人坚持住那儿，说我喜欢那个地方。

何苦要受那份罪？

喜欢，就不会感觉是受罪。

让他们没想到的是，以前藏在旮旯角的凤梧旅店，现在已是凤梧宾馆。唯一没变的是院子里那几棵泡桐。黑的夜里，女人先嗅到了桐花的香味，清冽，甜润。抬眼寻时，就看见白的花在黑的夜里，也突兀，也分明，炫炫的，灿烂极了。女人的心里兀自就高兴了起来。

安顿下来后，女人问男人还记得以前的那个小房间不？

男人勉强笑笑，说我还不至于老到痴呆吧。

女人说，现在要还是那样的房间，敢住不？

男人说，谁敢啊，这社会。

女人说，咱在那住了三天呢。

男人说，是。

女人说，门上那个插销，还记得不？那么细，老是从插孔里掉出来。一晚上，不知掉了多少次。还有那个窗帘，窄小得拉过来拉过去，怎么也遮不住窗户。还有那床，也是那么小，你说床垫子跟砖块有一比。

女人不说话了。女人想起了小的床上，他们挤在一起，揉在一起，都是一副要跟对方融到一起化到一起的架势。青枝碧叶的爱情，圆润，饱满，激情四溢，地久天长。女人不知道男人还记得这些不？女人说，那天，咱们领的证，你说要庆祝，就带我到了这里。

男人的目光碰了女人一下，倏地，就跳走了，盯着电视。

女人说，今晚，咱还像以前那样睡，好吗？

男人盯着电视，好像是，电视吸引住了他，半天，才说，随你。

女人洗澡出来时，男人闭着眼，好像睡着了。女人坐在床边，静静地看着男人，几次想唤醒他，也有几次想挤到男人身边去，终也没有。为什么呢？女人说，顺其自然吧。

返回时，女人依着男人买了卧铺票。邻铺是一位老人。老人拿出老伴的相片说，没了。说，结婚四十年，说好的每年都要到结婚时旅游的地方走一遍，可后来，一次也没来过。整天就是个忙，也不知道忙什么？真正该顾及的倒没顾到。人一生有几个重要的日子重要的人要你刻骨铭心呢？老人说着，就有些哽咽。

女人看着男人，眼里闪着泪。

男人揉揉女人的头发。

女人心里一热。以前，男人总喜欢揉她的头发。

火车就要到站时，女人说，签了吧。

男人说，不急。

女人说，答应过你的。

男人说，不急。

女人说还是签了吧。说着，就在箱子里找那张离婚协议书，明明放在箱子里的，可翻来翻去找不见。女人说，重写一份吧，反正，那份也是你写的。

男人说，哪有纸？

一旁的老人听他们找纸，就递过一沓信纸。男人嘿嘿笑说不用了。

女人抹着眼睛，看着窗外。

火车，越来越慢，越来越慢。到站了。

白纸黑字

王良民说，鸦雀子屙下一坨东西，落他人头上是屎，落你栋梁头上咋就成了花儿？

王栋梁嘿嘿笑。

王良民说，好运要是找上门来了，门缝窗缝都堵不住。

王栋梁嘿嘿笑。

王良民说，我那二小子婚结得早了嘛，要是没结，这好事，能挨上你？

王栋梁嘿嘿笑。

王良民说，稍微准备准备，就是个名义，人家也是为了好看，为了堵羊凹岭人的嘴。

王栋梁这次不笑了，挠着头，说我知道，要是真的，人家能找咱？

王良民和王栋梁说的"人家"是村东陈选民的女儿陈倩。陈倩在南方打工好多年了，昨天打电话说要回来结婚。陈选民找到王良民说他女儿不图钱也不图人，领下证证就好。王良民知道一点陈倩的事，早几年就听说陈倩在城里傍了大老板。傍着大老板还回来结啥婚呢？陈选民吊着苦瓜脸，好半天吐出一句话，有了，没法子了，她没个名分无所谓，娃娃得有个名分吧，那人说了，生下就办领养手续。王良民明白了，意味深长地哦了声。陈选民从怀里掏出一条烟，扔到王良民炕上，不会亏人，给钱，领了证给两万，明年生了，办了离婚证，再给一万。王良民看了一眼炕上的烟，心说这是啥世道啊，有钱人啥事都能做出来，问陈选民王栋梁咋样？

王栋梁是最好的人选，王良民说，光棍一条，岁数跟陈倩般配，家贫，人老实。

陈选民说，听你的，你尽管说合，成了，也不会亏了你。

陈选民走时，留下两张纸，是合同，说要是王栋梁同意，就把合同签了，白纸黑字，都不赖账。

栋梁的老母亲不同意，嫌陈倩的名声不好，说，我家再穷，也不稀罕那么个女子。王栋梁却很利索地答应了，说我都三十多了，有女子愿意嫁我，我就烧香哩。

王良民让他把合同签了，王栋梁说，这个简单，我得拿到钱再签。

王良民再来时，掏出两万，叫王栋梁买个家具电视的好歹有个准备，说，人家陈倩就是为了遮人眼，好赖也要在你家住够三天才能回娘家。

王栋梁说没问题。

栋梁妈却吸溜着鼻涕抹着眼泪不让签，说那么个女子进门，羞死先人了，还不如娶个寡妇。

王栋梁乜斜他妈一眼，你不是不同意寡妇吗？月红那么好的人，你就是不同意嘛。

他妈啐了他一口，号哭开了，骂他爱钱脸不要了先人祖宗也不顾了。

王栋梁不理会他妈，在合同上签了名字。

王栋梁叠了合同，装到衣服口袋，捏起炕上的钱，刷刷地在手里摔了好几下，才收起。出门时，他妈在背后喊，你愿意就愿意吧，以后有啥事了，别埋怨我，就是钱别乱花，买家具电视的，差不多就行了。王栋梁没理会他妈，跟王良民头一低出去了。

王良民嘱咐王栋梁收好合同，说有那，是个话说，离婚时，还要给钱。

王栋梁说是哩。跟王良民分了手，他却没去镇上看家具看电视，去了地里。

下牛坡的玉米地，月红正在地里锄草。玉米地里的草长蕉了，好多人都喷了除草剂，省事。月红不舍得花钱，在村边的拉丝厂上班回来，就扛了锄头到了地里。王栋梁脚下拂了一团风奔过去，跟月红说他要和陈倩结婚了。

月红砰砰地锄着地，好一会儿才抬起头，说，好啊。

王栋梁说，真好？

月红使劲咬住泪，猛地抬起头，说，不好？

王栋梁要扯月红手时，月红打了他一下，叫他别乱动，路上有人。

王栋梁说，哄我，连个鬼都没有。说完，就一把抓住了月红的手，紧紧地攥在手心，人家啥人？会和我结婚？我不过是个替身，她图的是名义，我也是图个结过婚的名义，等跟她离了，月红，我们就结婚，我妈就不会有啥话说了。

月红说那你要人家的钱，也不怕人指责？

王栋梁说，怕啥？各取所需，愿打愿挨。

让王栋梁没想到的是，合同上说好的陈倩生了孩子，就办理离婚手续，可陈倩的孩子都半岁了，她也不提离婚的事，而且是，自生完孩子，就再没离开过王家。王栋梁只好清理了柴房子自己睡。有一天，王栋梁提起离婚，陈倩却不同意。原来她上老板当了，刚和王栋梁领了结婚证，老板又找了个小姑娘，不要她和孩子了。

王栋梁也气愤，看陈倩也挺可怜，可想起月红，就找出合同，硬下脸说，咱白纸黑字说得清楚。

陈倩一把扯过合同，嚓嚓撕了，说什么合同我才不要看什么合同。

王栋梁看着满地的碎纸，只好去找王良民。王良民说凭的就是合同，没了合同，那还说啥？王良民劝王栋梁跟陈倩将就着过，说好赖是一家人。

老母亲也劝他想开些，说你就是再娶，还不是个二婚头？

王栋梁躺在柴房子，想起月红，就找了纸笔，写了离婚协议，他写道：陈倩同意离婚，我愿意付给她两万块钱离婚费。想想陈倩一个人带着孩子不容易，又写下：陈倩要是带孩子困难，我妈可以帮忙。写完，念一遍，看看可以了，就拿去找陈倩。走到窗下，听到陈倩在屋里呜呜地哭，脚下就迟疑了。风吹过来，王栋梁手里捏着的合同，忽地飘飞了……

# 土地谣

小院子，一条细长的帽辫子在一双苍老的手上窸窸窣窣地编着。金黄色的麦秆细溜溜，嚓嚓嚓，如蚕啮桑叶般，清脆细小的声音不断从那双手上飞出，麦秆也就一根一根地续接起来。早晨的阳光清清淡淡地泄了一地，慢慢地爬上了编帽辫子的女人身上，温暖地铺展开来。你忽然觉得，挑在檐角上的那个太阳是女人编出来的。用手上细长的麦秆，嚓嚓嚓，嚓嚓嚓，上来下去，一点一点编出来的。

老头蹲在菜地边，擦铁锨擦锄头。用一块青石把铁锨锄头擦的清亮清亮，亮的映出了一张苍老默默的脸来。青石和铁锨摩擦发出的脆响，叮当叮当，一声一声都揉碎在这朝霞的慈祥里了。

一阵剧烈的咳嗽声让女人停了手，她担心地抬起头说，不要擦了，没用了。

你编那有用啊。老头停下手，看眼前的菜地，狠狠的，硬硬的话语镢头般，镢在金黄的阳光上。

再看它也是鸡尻子大。女人不屑地扁扁嘴。

鸡尻子大我也爱看。老头不回头，秃鹫般蹲在地头，你编那干啥，现在谁还戴，又不是要到地里去。

没人戴，挂我眼眉前，我看。我看着爽快。女人气呼呼的。细碎的声音霎时响亮了，叮叮叮。

就是这鸡尻子大的土地，常常让老头看成三亩五亩。老头的两块地，南门前一块老牛坡一块，都是好地。地不欺人，种啥收啥。犁镂耙磨，老头一点不耽搁，该做啥做啥。小麦玉米豆子花生，老头跟着节气一步一步地走，收了一料又忙着种下一料。忙，老头也欢喜。有地，就有粮食，有了粮食，还有啥愁心的。

可是有一天突然没了地，院子没了，菜园子也没了。村里的土地被一家企业征收了，村子迁到了城市的小楼里。一家挤着一家，一家一小块豆腐块院子。老头的土地也就剩下眼前这块鸡尻子大的了。再小也是土地，哪能荒了。翻地施肥浇水，老头把鸡尻子大的土地打理得细致、松软。老头忙完自己的土地，又忙邻居家的。左邻右舍都是年轻人，谁种过地啊？谁有心思花在土地上啊？邻居看老头帮他们把地种的郁郁葱葱，茄子辣椒西红柿，初夏吃到深秋了，地里又长满了菠菜荒蒌。邻居高兴地从地里揪个黄瓜，咔嚓咔嚓吃着，笑眯眯地对老头说，叔，亏得你帮我们种菜啊。老头摇着头说，不要亏了地才好。

看着自己种的一块一块的菜地长得繁茂，老头欢喜得好像又看见了南门前老牛坡的地了。老头像从前一样，撵着节气走，收了油菜韭菜，又种下南瓜豆子。从前的日子又回到了老头的眼前，一天天让老头塞满了各样菜蔬，新鲜又饱满。

也不知是哪一天，邻居家砌起了院墙。一家砌了院墙，家家都砌了院墙。老头趄在巷里，停在一家院墙前，又停在一家院墙前。老头看不见院里的土地。老头不知道圈在高高院墙里的土地都种了什么。老头心想，再小也是地啊，可别荒了。砌院墙是因为有一家丢了东西。大白天的，防盗门被人撬了。老头天天都在巷里，拔了这家菜地的草，又给那家的菜地浇水。老头没看见小偷。听人这么说，老头的心里很不得劲。老头的心跳得突突的，没言语，蹲在自家的菜地前，一根旱烟管抽得吧唧响。

老头家的院墙也让儿子给砌了起来。老头说，砌了院墙，太阳进不来，菜也长不好。儿子说，菜是小事，安全是大事。

夏天的时候，邻居都从院了出来，嚷嚷着，热死了，一点风都进不来。邻居从老头家门前走过，突然就想起了以前的茄子辣椒，想起以前从菜地里摘个西红柿拽个黄瓜，不用洗，随便一擦就咔嚓咔嚓地吃。

叔呢？多久没见着叔了。

是啊，都是这院墙隔的。

高高的院墙投下了浓深的黑影，老头蹲在黑影里，听见墙外人们的话，看着眼前的菜地，吧唧吧唧地吸烟。女人编完了麦秆，没有麦秆了。女人说，过年收麦时，裁些麦秆子。老头头也不回地说，到哪给你裁麦秆子啊。现在都是收割机收。嚓嚓嚓过去，哪还有麦秆子。停了一下又说，还编啥啊编，谁还戴你那草帽子。女人赌气地说，我戴。

老头不吭气了，蹲在菜地边，小小的菜地在老头的眼里又一幻一幻地变成了三亩五亩，变成了好大一块地。

欢喜无限

二喜子脚上绕着一团风嗖嗖地往地里走时，心里欢喜得像灌满水的水桶一样，走一步就要漾一下。田间窄小的土路上，二喜子扑哧扑哧踩出了一朵一朵的黄土花儿。二喜子使劲嗅嗅田野里淡淡的土腥味、涩涩的青草味，心里一高兴，张嘴就高声大嗓门地唱了起来：

春天里呀么好春光，郎里个郎里个郎里个郎……

春光无限好，二喜子的心情也无限好。二喜子说，就是这块地不好，旱地，八亩六分地种了果树，没水浇灌，凭天结果，收获总是让一家人失望。二喜子提了锄头，三下两下锄到地边，看着地边的土沟，心想这下可好咧。二喜子刚刚听说地边的土沟让一个姓刘的家伙承包了。村长说姓刘的家伙可有钱，专门包了这片沟地种菜种粮食吃，说是要吃纯绿色纯天然的东西。

还不是有钱耍阔咧？二喜子噗地往手心里吐口唾沫，回头锄地时，就见一辆卡车呼噜噜开了过来，后面还跟着一辆推土机。几个人从车上跳下来，指点着推土机这儿推那儿推。二喜子心说动作还挺麻利哩，说干就干起来咧。欢喜得低头锄地时，就看见周家老二朝沟里走去，喊了他一声，脚步却没停下。二喜子心一慌，锄头锄到了脚上，疼得他嗷嗷地唤，眼睛和耳朵却跟着周家老二下到了沟里。

周家老二果然是到沟里找活儿去了。二喜子是没想到让周家老二抢了先。二喜子心说沟里要人干活怎么说也该先轮着自己，自己的地紧挨着沟却让旁人抢了先。二喜子就有些气恨这个周家老二，说他凭啥啊，远亲还不如近邻哩。转眼想到这么大片沟地就是三个周家老二也忙不过来时，他的心里才稍稍有些释然。可二喜子再不敢怠慢，扔下锄头，哧溜到沟里也找姓刘的老板去了。村里找不到活儿的人有的是，二喜子怕迟手慢脚的没活儿了。

老板不在，来的几个人也是干活的。二喜子和周二扯了几句咸淡话，悻悻地爬到地里又锄地去了。

看着沟里推土机轰隆隆地作业，二喜子的欢喜又涌上了眼眉。二喜子是想着在自己地边打工，媳妇也能来打个工，还能抽空管理了自家的果园，那人若是拉来水管浇水，自家的果园子还能搭个顺车。二喜子越想越欢喜，一把锄头映着日光一闪一闪舞得花哨，还没锄到地头，媳妇来了。

媳妇也是满脸的欢喜。二喜子心说，这臭婆娘也觉察到沟地的好事咧？二喜子想当年分地时，媳妇没少数落他，骂他手臭，骂他家的破烂光景跟上他没享过一天福。二喜子想这下可有我说的了。这样想着，二喜子就对媳妇说，看你喜滋滋的，吃喜妈妈奶了？

媳妇白他一眼，笑骂他才吃喜妈妈奶了，下巴点着沟地，悄悄地要他盯着，说该张嘴时可别舍了声让旁人占了便宜。

二喜子嘎笑着说，还用你叮咛？我几十岁的人了，你以为就会锄个地？说着，就把嘴噘起，努向媳妇的脸。

媳妇啪地打了他一下，也斜着沟里轰隆隆的推土机，要二喜子盯着那推土机，还有那来来往往的车。

二喜子说，盯那机器干啥？我要盯那老板，他一来我就给他说去，咱俩都能在他沟地里干。

二喜子的话还没说完，媳妇却撅着屁股跑到了地边，嚷嚷着叫他快来。

二喜子骂媳妇一惊一乍的也不怕沟里干活的人看着笑话，就看见媳妇要拔路边搭葡萄架的水泥柱子，拔不起，努得满脸通红，叫二喜子拔。二喜子疑疑呆呆地看着媳妇。媳妇抹一把脸上的汗，笑得姹紫嫣红，叫你拔你就拔，拔出来，往路边移。媳妇说，挪一寸是一寸的钱哩。媳妇给二喜子嘀咕了半天，二喜子才明白媳妇的意思，一明白过来，二喜子就斥骂媳妇穷疯了，说，路又不是你家的。

媳妇说，路不是我的，这地总是我的吧？这果子树葡萄架总是我的吧？我就不信他天天日日的从地边过，都能把方向盘抓得稳稳的，这么窄的土路，他要是挂上咱一枝半叶的，咱就有话说了。

二喜子不干。二喜子骂媳妇青天白日的讹人，劝媳妇老老实实挣俩钱，心里踏实，做这手脚不怕人耻笑？

二喜子抱着水泥柱子，不让媳妇挪一下。

媳妇转脸抱来一堆树枝，一根一根插在路边。插一根，二喜子拔一根。媳妇气得呼地摔了树枝，扑上来撕扯二喜子。

二喜子跟媳妇的吵闹还没停下，路那边周林子的地里也吵闹了起来。周林子老婆坐在开向沟里的车前，不让车走，说是车压坏了她家麦子，说一家人的口粮哩，说多少钱都买不下这么好的麦子哩。

二喜子摔掉媳妇的手，眼看着开向沟里的车一辆一辆的往后退去。

春天的阳光暖融融的，二喜子却觉得心里冰凉冰凉的。

你看见了什么

六子是年前回来的，年还没过，又要锁了房门去城里。

六子说，过年了，经理叫我回去值班。六子问三钱知道值班不？三钱在家养猪，最远的就到过县城。听说六子从省城回来了，打着买饲料的幌子骗了媳妇，就跑到了六子家。

三钱嘿嘿笑着，捏着六子扔过来的烟，不抽，转着看牌子，说，咋不知道？值班就是多挣钱嘛。前巷的宏伟去年过了年了才回来，说是在单位值班，能挣双份工资。三钱叫六子说说城市。六子吧唧咂一口烟，说城市有啥好说的？除了人多楼高，就是车多。

三钱不依，缠磨六子就说说城里的楼城里的人城里的车。

这时，六子家里又来了几个人。他们都是听说六子从城里回来了，过来听个城里的稀罕事。

六子掉了烟头，蹲在炕沿，说起了城里的高楼大厦，说那些高楼一垛子一垛子跟咱岭上的石头蛋子一样多，仰了头看得脖子都酸了眼睛都疼了，也看不到顶，也看不见一个人，满街上看不见一点废纸片废纸箱子。那么高的楼房，咋就没有一点废纸皮废纸箱子呢？你们说说。

没有人知道。三钱和炕下的人都把眼睛瞪得灯泡般。

六子嘎嘎笑着，嘣的跳下炕，把一双黑糙手搓得哗哗响，说，三问两问的我就清楚了，那些高楼也有废纸废箱子。人家是统一管理，就像咱以前的生产队一样，呵呵，楼里有专门的清洁工，挣了工资，还能挣一份卖破烂的钱。话说回来，我不眼热那活儿，绑人，让你哪儿也去不了。

六子说得兴奋，掏出烟扔给人。六子说，还是走街串巷的好，走着还能看个景。六子说，有些小区可高级，连垃圾桶也簇簇新，运气好的话，能从垃圾桶里捡到皮鞋牛仔裤哩。

三钱打断六子的话，说哥你工资老高了咋还捡垃圾？

六子黑红的脸噗地就热了，说哪个捡垃圾了？你们不是要听城里的事吗？城里的垃圾不是城里的事？

炕下的人都点着头，不叫三钱打岔，说三钱就知道公猪母猪，哪知道城里的事？

六子拍拍三钱的肩膀，说三钱你还真是小眉小眼小见识哩，在城里捡垃圾有时一天能挣你一头猪娃的钱哩。六子的话让三钱一下就瞪大了眼睛。

六子说，有一天我到一个高档小区转悠去了，你们说怪不？咱也是脸洗的白衣穿的净，可人家还是一眼就看出了咱是农民，一个女人提着一包东西叫我过去说卖给我了，说本来该送我的，她不在乎这几个钱，可有人在乎，还让我挑最脏最烂的钱给她。我看看袋里的东西，你们猜都猜不到里面是些个啥？全是女人的衣服，乳罩内裤衣服，我二话不说就挑了几张钱给了那女人。

三钱看着六子，张张嘴又闭上，可还是忍不住地问六子要那些东西干啥？三钱说哥你又不是收破烂的。

六子说那哪是破烂？衣服堆里有一块手表一个玉镯哩。

三钱一下就瞪大了眼，屋里的人都瞪大了眼。

六子嘎嘎笑他们没见过大世界，说，你们就守在这手指蛋大的羊凹岭能看见个啥？

三钱急得问那女人咋把手表和玉镯都扔了呢？说不是玩具吧？

六子白了三钱一眼，嘴角挤了两坨白的唾沫，说你知道个啥？你就知道公猪打圈了找母猪。

一旁的人就急得催六子不要说那些咸淡话，接着说。

六子嘎嘎笑得怪样，一堆衣服我还没顾上收拾哩，一个女子光着身子跑了过来。

哦！

那女人出来就往我跟前奔，从我手里扯衣服，我一下就傻了，还没错过眼珠子，卖衣服的女人啪地扇了光身子的女人一巴掌，扯下她手里的衣服，把那几张烂烂的钱甩她头上，拿手上的衣服啪啪地抽那女子，骂那女人不要脸。光身子女人蹲下来，抱着头，呜呜地哭。

三钱和屋里的人一时都静默了，等着六子讲。

六子说，没了，我走了。

三钱说，你拿了人家的衣服咋就走了呢？

六子说，我不走咋办？旁边立着三四个男人横眉竖眼地呵斥我叫我别管闲事。

三钱忍不住问六子那个光身子女人后来咋样了？

六子说，听说疯了，一天光着身子满世界疯跑，没多久就死了。

六子喜眉笑眼地说那手表镯子值多少钱，又说起在哪个垃圾箱里捡到了啥，可是屋里的人好像都没心思听了，也没人问六子单位的事情了。后来六子从城里回来，三钱没找过他，巷里的人也没有人找六子让他讲说城里的事了。他们都认为，六子咋说也不能把那女人的衣服拿走，好歹给那女人一件衣服遮羞，那女人就不会疯不会死了。

六子觉得冤枉，说铁塔样的几个男人就站在一边，搁哪个敢？咱就一个收破烂的。

巷里人这才知道六子在城里是收破烂。巷里人说，不管做啥活，你不能眼睁睁看着一个女人大天白日的光着身子，你拿了人家的衣服走了。

六子听说后，干干地笑笑说，到底是乡下人，一点也不懂城里的事。

日子里的那点意思

壳子到武六家去要钱，武六借他五百块钱已经好长时间了。

壳子坐在武六家里，等着武六提"钱"。壳子心说武六但凡提起钱的事，比如什么东西多少钱，比如赶集时花了多少钱，比如麦子又涨了几分……他就能像捏住线头般，轻轻地扯拽到武六借钱还钱的事上去。壳子紧张得脸上一忽儿白一忽儿红，编好的话一跳一跳都到了嗓子眼儿了，可武六偏偏不提钱。

壳子在武六家坐了半晚上，武六都没有提一件有关钱的事。或许武六提了，壳子没听出来。壳子的心让武六的"咸淡话"把魂给扯跑了。这是壳子回家后，媳妇骂壳子的。

壳子半夜了才回到家。壳子从没有半晚上的不着家。壳子在地里圈了猪圈，养着三十八头猪，把家也搬到了地里。壳子很少回村里。回去干啥呢？忙，当然是一个原因。就是村里有事回去了，壳子也是站在人堆的后面，默默地立一会儿，或是跟着旁人嘿嘿地笑几声。壳子无论站在哪儿，都是一个让人觉得可有可无的人。要不是武六借了钱媳妇叫他去要，他可能一辈子也不会去武六家的。可是，这个晚上，壳子从武六家回来后，就想着明个夜里还要去。

媳妇迷迷糊糊地叫壳子把要的钱压她枕头下，说是明个赶集给她爸买寿礼。壳子没理会媳妇的话，兀自先将一双冷手钻进媳妇的被窝，拍着媳妇的屁股问媳妇知道刘邦项羽不？知道四面楚歌虞姬乌骓马不？媳妇倏地把一双眼就瞪成了探照灯一般，在壳子的脸上扫来扫去，问壳子钱呢？壳子却不接媳妇的话，还在刘邦项羽楚霸王说个不停。媳妇忽地坐起，噗地就将一口臭唾沫吐到壳子的脸上，也不管半夜，指着壳子就骂开了。

壳子不生气。媳妇骂他虽是家常便饭，可今天晚上壳子不舍得让媳妇的脏话碰一下心里的高兴。他抹了把脸，嘿嘿笑着说，不就欠你点钱吗？急啥？壳子还想给媳妇讲说刘邦项羽什么的，这些都是听武六讲的。壳子没想到武六家的光景不咋样，肚子里倒有不少的货，古时候、眼眉下，中国的、外国的，张嘴就能云来云去说个道道。壳子看媳妇没心思听他讲，心里叹息着人和人的差别时，就给媳妇保证明天一定把钱要回来。

　　第二天晚上壳子没等媳妇催撺，撂下筷子就要出去。媳妇在背后硬撅撅地喊他，叫他别净听武六扯闲淡话，好歹把钱要回来给她爸买寿礼。

　　壳子哼也没哼一声，脚步搅得风快，还没进武六家，就听见武六家的电视上体育比赛的声音。

　　壳子刚闪进门，武六就指着电视说，你瞅你瞅，臭啊。你说，他带个球也带不了，还能干了啥？壳子从没看过足球比赛，家里的电视是儿子女儿的。人家看什么，他就跟着扫上两眼，也看不出意思来，圪蹴在炕头，抽上几根烟，就裹着一身的乏累睡去了。明天还有一堆的活哩。壳子的日子一年跟一天一个样，十年跟一年一个样。壳子觉得自己就像地里的庄稼圈里的猪一样，见日头就长才是本分。壳子没想到人除了挣个好吃穿，还该趷摸些有意思的事情做做。

　　壳子觉得武六是个有意思的人。虽然武六家的电视是巷里最小的最旧的，武六家的房子还是三十年前的土坯房，可壳子觉得武六的日子过得比谁都有意思。

　　壳子坐在武六家的炕头，和武六看了半晚上的足球，越位啦点球啦，在武六三番五次的讲解下，壳子还是迷迷糊糊，可壳子的心里咂摸出了一点意思。壳子为自己心里的那点意思欢喜得早忘了来武六家的意图了，只在脚搭在自家门槛上时，才忽地想起媳妇的话来，缩手缩脚地上炕睡觉，不敢惹出半点声响惊动媳妇。

　　壳子和媳妇的架是早上起来打的。

　　一大早的，壳子正在拌猪食，媳妇指着壳子跳脚骂了起来。壳子本不想打媳妇。结婚十多年了，壳子没动过媳妇一下。家里的事都是媳妇说了算。可壳子突然觉得媳妇原来这么不讲理，吼骂声也是这样的难听，壳子的脸一阵赶着一阵的黑紫。媳妇却不管壳子脸色的难看，跟平常一样自顾斥骂壳子的窝囊。啪的一声，媳妇还没反应过来，壳子的一个手就裹到了媳妇的脸上。壳子圆瞪着眼睛，叫媳妇再骂，说你敢再骂我就打烂你的头。

　　壳子准备出去找人借钱给媳妇时，武六送来了钱。壳子心说完了，没个由头咋好意思再去人家家呢？就奓拉个脸不想接钱。武六转身要走时喊壳子晚上闲了来家坐。壳子一听，高兴得差点蹦跳了起来。路上武六的影子都看不见了，壳子还在门口站着。壳子觉得武六才活得叫个活，说人活着不就是活那点意思吗？什么意思呢？壳子也说不清，可壳子的心里却充满了澄明和快乐。

饶 头

因为买电扇，张二蛋差点跟人打了起来。

张二蛋要结婚了，日子定在农历的五月二十。媒人送了彩礼后，又跑到张二蛋家，说人家女子说了，眼瞅着天要热了，得给屋里装上空调。

张二蛋一听就火了，彩礼凑凑合合地送了，办喜事的钱还不知到哪儿借哩，这又要空调，这婚还让结不让结？张二蛋气哼哼地端一脚柜子，说，我妈这屋里连个电扇都还没有哩。

张二蛋妈摆着手，不让张二蛋说话，转脸把一碗糖水端给媒人，说，咱穷家小户的，就是借钱挂上个空调，一天天的电费咱也掏不起啊。张二蛋妈指着屋子说，咱这屋子可凉快哩，冬暖夏凉。

媒人喝了糖水，答应再去说说，把空调换成电扇看行不？

张二蛋妈又和了碗糖水端给媒人，连声说好，说给娃买最好的电扇。

第二天，媒人喜滋滋地叫张二蛋换身干净衣服到村口去，说人家女孩在村口等你哩，和你一起到城里买电扇去。

张二蛋妈欢喜得满脸黄亮，扭屁股借钱去了。

张二蛋欢喜得蹦跳着换了衣服，蹦跳着借来了摩托。眼看着摩托车就要蹦跳着蹿出门楼时，张二蛋妈喊住了张二蛋，叫二蛋把钱拿上，嘱咐二蛋说话办事不要跟人急，不要动不动就牛眼瞪得让人家女孩笑话。

张二蛋骑着摩托带着对象呼地一下就到了城里。

城里的家电商城很大，四层，电视空调冰箱……每一层都摆得满满的。张二蛋对象一看见空调，就撅起了嘴。张二蛋眼瞅着对象的脸色暗了，赶紧抓起对象的手，悄悄地说，过两年我挣下钱，给你买最好的空调，三间北厦，我一间给你挂一个，茅房子柴房子我也给你挂一个，不，我一间给你挂两个。

对象瞥张二蛋一眼，说张二蛋吃饱了撑的，一间挂两个。

张二蛋板起脸，故作严肃地说，我要你用一个晾一个，看哪个顺眼用哪个。

对象白了张二蛋一眼，旋即笑得浅粉淡红的，骂张二蛋就会耍两片子嘴哄人。

张二蛋在电扇前转了一圈，看着电扇上的价格，捏捏妈给他装的钱，转来转去，找不到个合适的。

张二蛋对象挑到一款样式最新价格最高的电风扇，说就要这个了。

一旁紧跟着张二蛋的服务员介绍这个介绍那个，看张二蛋定不下来，早累得瞪着眼站在一旁，看张二蛋对象挑好了，服务员跟电击了般，嗖地跳到了张二蛋对象边，连声夸张二蛋对象好眼力，说这款电风扇如何时尚如何省电……

张二蛋歪着头一看价格，心就忽咚跳了一下，揣在裤兜的手不由得又捏了捏妈借来的钱，问服务员打折不？

服务员摇摇头，说，人家买空调都不问打折。张二蛋说，不打折，给个饶头吧。

服务员嘎嘎笑张二蛋开国际玩笑，说张二蛋把商城当菜市场把电扇当韭菜葱了，说一个电扇你还想要个饶头，饶个什么？给你饶个空调？

张二蛋觉出了服务员眼里嘴里的不屑。张二蛋一下子就火了。张二蛋心说你不打折不给饶头了你还不好好说话，我买东西来了又不是叫你奚落来了。张二蛋白了服务员一眼，扯着对象要对象到别处再看看。服务员却不让张二蛋的对象走，竭力推荐那款电风扇。

张二蛋看对象心动了，就劝对象货比三家哩，说不定还有比这好比这便宜的。

服务员白了张二蛋一眼，说，买不起还跟人闲磨牙，想要便宜的你到收破烂那儿去，来这儿干吗？

张二蛋把拳头捏了又捏，狠狠地咽口唾沫，倏地掏出钱，啪地拍在柜台上，愤愤地叫服务员数，看够不够买下这最贵的电扇？

服务员讪讪地扯了下嘴，不吭气。

张二蛋对象悄悄地骂张二蛋二百五，说张二蛋有钱不舍得买电扇来丢人现眼。

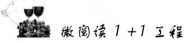

张二蛋长长地叹一口气，恼恼地说，不是不舍得，是看咱妈屋里也没个电扇，借的这点钱要是能给你买下你喜欢的，再给咱妈饶上个……

张二蛋对象的眼睛一下就瞪得老大，泪水盈盈地从包里掏出一把钱塞给张二蛋，问他够不够买两个？

服务员红着脸叫张二蛋和他对象等一下，他去给经理说说，能不能给他饶一个。

磨刀匠

麦子眼看着就要黄熟了时，磨刀匠扛着板凳，来到了羊凹岭。

磨刀匠的叫喊声不像有的磨刀匠的声音抑扬顿挫，跟唱歌似的。他的喊声简单，沉闷，可是干脆利落——磨刀磨剪子，磨刀磨剪子……人们在三钱的小卖部前拦住了磨刀匠，说你磨刀呢还是赶路呢？喊一嗓子就跑得没了影影。磨刀匠黑红的脸上浮了一层不好意思的笑，嗵地放下板凳，骑坐在凳子上，接过人们手里的镰刀，吭哧吭哧地磨了起来。一会儿工夫，磨刀匠身边就放了一堆的镰刀、锄头、剪子、菜刀。

三钱小卖部前每天都有好多人，打牌耍麻将的，没事扯闲话的，照看孩子的。磨刀匠来了，就把他的板凳支在小卖部前，手下噌噌地磨着刀，好像也不急，还要跟娃娃逗闹一下，挤一下眉眼抽一下鼻子的装怪脸，惹得娃娃咯咯笑得跟线团子一样都绣在了他身边。磨刀匠就开心地把糙手在衣服上蹭蹭，变戏法般掏摸出一块糖，一个娃娃手里塞一块，一会儿又从凳子下的帆布袋里掏摸出几颗黄杏，给娃娃吃。娃娃拿着糖拿着杏欢喜地偎到爷爷奶奶怀里，小嘴吃得吧唧响。吃完了，又缠磨到磨刀匠身边去了。磨刀匠没有好吃的了，就给娃娃唱小调，呜呜啦啦的听上去很喜庆。

人们都说这个磨刀匠磨得刀好，脾性也好，张嘴问他多大岁数、家里都有些啥人、有没有娃娃时，磨刀匠的一口四川话，没人能听懂。磨刀匠好像也不在乎人们听得懂听不懂，又给娃娃念童谣：张打铁，李打铁，打把剪儿送姐姐……童谣说得慢，人们听懂了，都说这个好听。娃娃们也听懂了，跟着磨刀匠哇哇啦啦地说开了：姐姐留我歇，我不歇，我在桥洞里头歇……那个下午，可羊凹岭的巷子里都是"张打铁李打铁"的童谣声。

人们都说，李老二女儿要在的话，肯定学得快说得好。李老二和媳妇在四川打工好几年，前年才回来。去的时候是两口子，回来成了三口人。李老二媳妇在四川生了个女儿。人们都说这娃娃在哪儿生的就像哪儿人，他们都认为李老二的女儿不像羊凹岭的娃娃，细眉小眼的，皮肤白皙的，哪儿哪儿都小小巧巧的，像是个南蛮子。羊凹岭人把南方人都叫南蛮子。可南方娃娃长得什么样呢？他们其实也不清楚，只是看见老二的女儿长得漂亮，开个玩笑。可李老二却不高兴了，叫大家不要瞎说。

　　有一天李老二去小卖部买烟时，磨刀匠刚好磨完一把刀，抬眼时，两人的眼光就碰到了一起，磨刀匠呀地喊了一声，说，哟，这不是小李吗？李老二却木着脸，冷冷地说，你认错人了。磨刀匠嚷，啥子认错人了哟你就是小李嘛。磨刀匠扔下手里的活，小李小李的追着喊，说你前年在我家附近的工地干活，看见过我的女儿，你还说她小眉小眼的皮肤白皙的好看，你也忘了吗？她丢了，不知哪个把我女儿领跑了……磨刀匠哇啦哇啦说着，可没人能听懂，李老二也早走没了影。

　　一天黄昏，磨剪刀的叫喊声匿在了羊凹岭路上黄的尘埃中时，李老二来到了三钱小卖部前。李老二说，下牛坡前几天丢了个娃娃你们知道不？听人说是四川来了一伙人，专门拐一两岁的小娃娃。老二没说那个磨刀匠，可人们一下就想起了他，他可可的就是四川人啊。

　　哗地一下，好像是，人们的心一下子亮堂了，叽叽喳喳的比一旁桐树上归巢的鸟雀还要吵嚷得厉害。他们都是想起了这个磨刀匠到羊凹岭好几天了，没有活儿了，还是来，来了，就逗惹娃娃耍，就给娃娃糖、瓜子、水果吃，还给娃娃唱小调、教娃娃说童谣。

　　他操得啥心呢？

　　人们认为这个磨刀匠是想跟娃娃混熟了，好拐走。

　　第二天，磨刀匠刚走进羊凹岭，一声"磨刀磨剪子"还没喊出口，就被人挡住了。人们推搡着磨刀匠，怒冲冲的唾沫花钢钉般嗖嗖地扎向他，说镰刀剪子都磨完了，你咋还来？磨刀匠一手扶着肩上的板凳，一手比划着，嘴里娃娃长娃娃短的哇啦。人们听着就更气愤了，呵斥着叫他走。磨刀匠急得眼圈都红了，倏地放下板凳，从帆布袋里掏出一沓纸，是寻人启事，还有一张照片，磨刀匠说是他女儿。人们看着照片都说眼熟，好像在哪儿见过。在哪儿见过呢？又说不上来。说不上来，就又撺着磨刀匠走，警告他以后再不能来羊凹岭。

那天黄昏，磨刀匠的身影消失在黄土飞扬的大路上时，人们看见李老二骑着摩托车，带着媳妇和女儿，说送她们去姥姥家玩去。看着摩托车上李老二的女儿，好多人的眼睛一下都瞪大了。旋即，人们又释然，都说天下相像的人太多了，哪有那么巧的事？

后来，那个磨刀匠再没来过羊凹岭。他的女儿找到了没？没人知道。

田园牧歌

二孬背了一捆草回来，媳妇喊他吃饭，他不吃，叫媳妇出来先把草铡了。

媳妇嘟着嘴不满地夯着个湿乎乎的手，说就在这一会儿啊，我看你待这牛比待你爸还上心。

二孬不让媳妇扯这些个咸淡话，说赶紧把草铡了把牛喂上，别迟手慢脚的牛还没吃饱，人家陈老板来咧。

羊凹岭西沟荒了好多年了，没人承包。陈老板花了一点钱就跟村里签了三十年的合同，雇了二孬和媳妇管理沟地。沟里种着菜，还种着玉米红薯花生，沟边上崖畔上还有枣树核桃树。沟里活多，二孬两口子忙不过来时，陈老板就叫二孬雇人。陈老板说，咱只有一个目的，就是把这沟地种好，让这些瓜瓜果果长好。陈老板说，现在有这么一片地多金贵啊，花钱是小事，要把地利用好。

二孬听陈老板说得有情有理，就到村里唤了几个人来干活。明明讲好了工钱，干到半截，那几个人却撂下不干了，说太累了，说工程队干一天活儿还挣八十块哩，你才给三十。

二孬没法子，跟陈老板说了。陈老板二话不说就同意了加钱。二孬看那几个人干得欢喜，心里就嘀咕开来，还是人家陈老板有度量，不计较这地里活儿的轻重就给加钱。二孬心说，难怪人家不爱跟农民打交道，素质低，麻烦。

让二孬没想到的是陈老板在沟边上盖了两间房一座凉亭，叫二孬和媳妇搬过来住，说沟里的活儿多了，住到沟里，省的来回跑。二孬高兴得逢人便说陈老板的义气陈老板的善心。

二孬不愧是干农活的把式，把沟里的瓜果蔬菜打理得一天一个样，该绿的绿，该红的红，郁郁葱葱，一片盎然。陈老板也比以前来得勤了。今天带张局长李厂长来，明天带王主席赵镇长来。来了，先带着人在沟里转悠一圈，指着沟里的瓜菜说都是农家肥，不打一滴滴农药不下一粒粒化肥。二孬在一旁给那些人摘菜摘瓜果，听着那些人说茄子长得好玉米穗子大，心里就灌了蜜糖般甜，手下就越发的快了。

那些人看完，还要在凉亭下吃饭。那些人吃着二孬和媳妇端上来的嫩玉米热红薯煮花生，都说真好，说这才是生活，田园生活，美。那些人吃了喝了，还要带些回去。不用陈老板吩咐，二孬把瓜果都摘好装好了。

沟里的瓜果蔬菜再多，也有不赶趟有见到黄土的时候。陈老板带马局长吴科长来时，就悄悄吩咐二孬去市场买去。

二孬说，买来的跟咱这不一样。

陈老板说，你不说谁知道？拿到咱地里了就是咱地里长的。

前几天，陈老板给二孬一沓钱，要二孬买头牛回来。二孬不明白陈老板的意思，说咱这地高高低低的牛使不上劲，还得买饲料喂养。

陈老板说买饲料没问题，你喂，我给你加工钱。

二孬就没话说了。二孬就牵回来一头黄牛。

二孬铡着草，问媳妇知道陈老板为啥买个牛不？

媳妇白了他一眼，叫他快点铡，说人家买个牛算啥，就是买个猴子耍，关你屁事？

二孬刚把牛喂饱，陈老板开车来了。嘀嘀呜呜，一下子来了三辆车。车上下来好些人，有男人，也有女人和孩子。

沟里一下就热闹开了。那些人摘酸枣打核桃，还站在沟畔崖边摆着姿势照相摄像。

陈老板悄悄地吩咐二孬把牛擦洗干净，说今个来的马书记你知道不？咱县里的，还有他老婆孩子，一会儿他们要跟牛照相。陈老板说，牛是马书记的老婆提出来的，说要有个牛这沟地才像个田园才有个田园味。

二孬点了头，心说陈老板买牛原来是为了县里的马局长。县里的哪个马局长？二孬不清楚。

那伙人果然要跟牛照相。站在牛边拍，骑在牛背上拍。马局长也要骑在牛背上照相，肥胖的身子骑在牛背上，牛哞哞叫了好几声。惹得一旁人哈哈大笑，都叫马局长扮个牧童，田园牧歌，多好。有人折了截棍子给了马书记。肥嘟嘟的马局长就把棍子横在嘴边，做起了牧童吹笛状，一旁人又是一阵的哄笑。

二孬蹲在菜地摘菜，心里直担心牛。陈老板过来给了他一条白毛巾，叫二孬系在头上，牵上牛。那些人要跟二孬和牛照相。

没几天，陈老板又领来几个人来沟里玩。同样的，摘了菜摘了瓜果，还要跟牛照相跟牛和二孬照相。

有一天，陈老板打电话叫二孬把牛刷洗干净，说一会儿有个重要人物来时，二孬突然觉得很恼火，还有些委屈，两股气纠结着在心里滋滋搅腾。二孬叫媳妇回家，说不干了。媳妇不明白，说陈老板对咱这么好，给的工资也不低，咱还能把咱地里的庄稼管了，到哪找这么好的活儿？

二孬黑着眉眼不吭气。他知道媳妇说得没错，可那股火还在心里搅扰得他难受。二孬把头低在两腿间，想他们不是想跟牛要吗？我就让牛睡不醒。这样想时，二孬得意地嘿嘿笑了，倏地站起，扑塌扑塌地走了。

媳妇喊他去哪儿？陈老板就要来了。

二孬没理媳妇，向保健站奔去。

不 欠

刚吃了早饭，撂下筷子，光子就紧催慢赶地嚷老婆手脚麻利点，说，多装上几个软柿子，张老师爱吃。

老婆哦了一声，摔下抹布，从布袋子里掏花生，一把一把。

光子眈眈过去，给张老师又不是给外人，看你小气的。说着，就夹起布袋子倒，哗，竹筐一下就满了。

光子叫媳妇把檐下的窗台上的软柿子都摆在花生上，省的装兜里挤破。他从瓮里舀了三碗绿豆。光子说，人家张老师那两千块钱，能买你多少花生绿豆哩。人家帮了咱，咱不能忘记。

今年夏天，光子的儿子考上了大学，眼瞅着开学日子到了眼眉前，可学费凑来凑去差两千，亲戚邻居能借的，光子都张了嘴，还是不够，急得光子满嘴的水泡，喝口水都嘶嘶的疼。

张老师是娃初中班主任，肯定是听说光子娃的学费凑不够的事了，一来，就掏出两千块，放到柜子上，说，不要耽误了娃开学报到。光子搓着手，瞅着钱，眉开眼笑地嚷老婆拿烟倒水，又催老婆做饭，炒臊子菜炸油饼，招待张老师。

两千块钱，皱了多少天的心，光子觉得一下就舒展了。

张老师不吃饭，说这半晌午的，吃啥时候的饭？

光子拽着张老师不让走，说，咋说你也得吃一口，连口水都没喝。

张老师看见窗台上的柿子，地里捡的，还是硬邦邦的。张老师呵呵笑说，等你那柿子软了，我来吃软柿子。推着车子要走时，又扭头对光子说，那钱是资助娃的，不要放在心上。

两千块钱，可不是小数目。光子能不放在心上吗？就盼着柿子软了花生收下了，给张老师送去。人得有良心，得记着别人的好。光子说。

提着花生柿子要走时，光子又要老婆拿一件干净衣服换上。老婆摔下抹布，不耐烦的，相亲还是赶集啊？穿的新新的。

光子说，学校人多，别给张老师丢脸。

老婆的碗还没洗完，光子回来了，气喘吁吁的。竹筐里的花生还是满满的，绿豆也还在手里提着，摆在花生上面的几个软柿子红艳艳的也没有少一个。

咋没送去？张老师不在？

光子的脸红一块黑一块，绿豆似的小眼睛愤愤的，给他干啥给他干啥？不给了，我还要吃哩，卖，也能卖几十块钱哩。

老婆疑疑呆呆的，不知怎么回事，瞥了光子一眼，不是说记谁不记谁，要记住张老师的好吗？要谢人家张老师那两千块钱吗？刚还说人家张老师的钱买多少多少花生哩，转脸就变驴了啊你。

光子叫老婆少废话，撑开袋子，哗，竹筐里的花生倒到了袋子，绿豆也倒进了瓮里。光子的脸才软和了一些，剥了一个软柿子吃着，说，不是一回事。钱是钱，花生是花生。张老师不是给咱一家钱了，他还给前巷小根娃和巷头二毛娃钱了。村里考上大学的娃娃，他都给钱哩。

媳妇还是木木疑疑的。

光子说，咱不欠他的。他都给了嘛。

光子的心情好了，脸上红光油亮的，叫媳妇炒臊子菜炸油饼，说半年了，还没吃过一口油饼一口肉哩，肚子寡淡得跟狗舔了一样。光子哼着小调，咚咚出去割肉买菜去了。

从此，光子在巷里街上见了张老师也是想理不想理的，有时头一撇，装着没看见，面碰面，却黑着脸，咣咣地走了。

光子在心里说，我不欠你张老师的。你张老师又不是独独给我娃一人钱。

这个老赵

张立强看爸翻腾他的布袋子，就不高兴地嚷嚷，别翻了，一毛钱也没有。

爸啪地扔下袋子，抬眼看张立强时，就看见了儿子额头一块紫黑，不安地问，咋又挨打了？

张立强摸着脸说，还不是那姓赵的，话没说两句，就说我骂他了，就举起了他的拐棍。

爸哼了一声，愤愤地，你不也有拐棍吗？你也敲他啊。凭啥老受他欺负？就一个钉鞋换锁头的，搁以前……

半截话让爸噎了回去，张立强抬眼看爸时，爸抽着烟，在他的腿上瞟了一眼，恼火又无奈的样子，飞快地，就把脸扭了过去，只留下一团团怅然的烟雾在张立强的眼前缭绕。

张立强知道，自从去年车祸把左腿锯了后，爸的眼里时常绕着恼火和无奈，他的心里何尝不恼火呢？活得好好的，两腿好端端的，一辆车轰隆过去后，一条腿咔嚓成了烂泥，整个人整个生活也都被拽到了烂泥里。可是，在床上躺了大半年后，张立强想开了，怎么活不是个活呢？没了一条腿，不是还有一条吗？不是还有手吗？张立强在街上摆了个钉鞋摊子。

羊凹岭街上有两家钉鞋摊，一个是老赵的，一个是老赵媳妇的。张立强挨着老赵摆上了他的东西，第一天，还没坐稳当，老赵就用拐棍打倒了张立强的钉鞋机子。张立强哎哎地叫着，还没扶起机子，老赵又用拐棍把张立强摊上的钉子皮子拨拉到了路上。张立强脸憋得通红，嚷，干啥啊你？老赵黑着眉眼，用拐棍指着张立强的鼻子，说，谁让你在这儿摆摊了？

张立强一跛一跛地捡着散了一地的钉子皮子，从兜里掏摸出一张张单子，卫生费，摊位费，都有，说，你瞅瞅你瞅瞅，我有手续哩。呸！老赵吐了张立强一口，拐棍嘭地一下就敲打到了张立强的手臂上，啥手续？你不是要跟着六子去城里吗？还弄啥手续？

张立强要往老赵跟前冲时，旁边的人给拦住了，劝张立强，老赵也不容易，你一来不就抢了人家生意了吗？张立强气呼呼地说，这是羊凹岭的街，又不是他家的。

话是这么说的，张立强的钉鞋摊子连着摆了三天，都让老赵给搅乱了，今天，张立强多说了两句，老赵又举起了拐棍，张立强躲闪不及，拐棍就敲在了额上。

爸摔了烟头，脚尖狠狠地踩上去，在烟头上碾来碾去，说，我看还是别摆了，一天挣不下钱还要挨打，你还是跟你六子叔干吧。

张立强张口要说话时，六子来了。

六子说，听说老赵又打你了？不等张立强说话，六子又说，一个钉鞋摊子一天能挣几个？风吹日晒的，挨打受怕的，图个啥呢？跟着我，一天啥也不用干，还吃好的喝好的。

张立强知道六子叔说的意思，六子叔在城里做的事在羊凹岭已经不是秘密了，前几天还听说有人提着点心找六子叔，叫把他的儿子带城里去。带城里去干啥？乞讨。六子叔手下的"员工"有大人也有孩子，有残疾人也有正常人伪装残疾的。这些，张立强都知道。

张立强不愿意。张立强说他还有一条腿还有两只手还有一张脸面哩。

张立强的爸听六子说得诚恳，把个头点得忙乱，说张立强是借着福气不享，非要摆个钉鞋摊，挣不下钱，还挨打。

张立强不理他爸，叫六子叔再问问别人去。

六子说，你这可是一本万利，坐收渔利啊。

张立强不让六子说了，说他就是想靠自己挣点实在钱。

六子走了。张立强的爸黑着眉眼把烟抽得云遮雾罩的。

张立强盯着钉鞋机子，又想起了老赵。妈的，这个老赵。老赵和他媳妇在一次车祸中，两个人的两条腿都断了，他们的半截腿下绑着一块木板，板子下按着轱辘，咕噜滚来了咕噜滚去了，当当当地给人钉鞋轧包，捡馍花花一样五毛一块的挣。可是，老赵手上闲了，就要高声大嗓门地唱一段蒲剧唱一段眉户剧。唱完，一旁的人一鼓掌叫好，他就高兴得又拉开了嗓门。

张立强问他爸，六子叔说的那么好的事，老赵和他媳妇为啥不跟着去城里？

他爸白他一眼，没有说话。张立强突然觉得老赵其实挺厉害的。

第二天，张立强又拉着钉鞋箱子来到街上，老赵和媳妇已经摆好了摊子。

老赵问张立强，还敢来？

张立强说，咋不敢来？你又不吃人。

老赵问，听说六子找你了，咋不跟六子去？

张立强说，你咋不去？

老赵嘎嘎笑，好啊，没看出你还有点骨气，把摊子摆开！说完就唱了起来：盼星星，盼月亮，只盼着深山出太阳，只盼着能在人前把话儿讲……

张立强摆开摊子，心里又骂了句：妈的，这个老赵！

恩 人

应人被一辆横穿马路的小车撞得像一只布袋子嗵地落在一堆粪上时，二孬夹着拐杖，一跌一跌地比谁都跑得快，跑到粪堆前，气还没喘匀，就扑通趴在躺在粪堆上的应人身上嗷嗷地哭开了。

应人是二孬的恩人。二孬该哭。有人说。

也有人说，二孬哪里是哭应人啊，他是在哭钱哩。

说什么的都有。二孬不理会，二孬知道他的腿烧伤后，应人花的钱不少。

二孬的腿是在应人办的硫酸铝厂烧坏的，可二孬说不关应人的事，是自己不小心，跌到污水沟里的。

二孬是应人硫酸铝厂的巡线工，线路是厂里排污水的一条沟。淌着臭味的黑漆麻花的污水沟，刺鼻，熏眼。没人干这个活儿。应人找来二孬，给二孬一沓钱，要二孬干。应人说，别嫌它臭，这个沟很重要，只有你跟少数的几个人知道，你得帮我看好。二孬的小眼睛眨得扑棱扑棱，连声说，肯定的肯定的。悄悄地，却把钱使劲捏了一下又一下。

二孬知道，他不仅要管好这条臭水沟，还要看管人。有可疑的陌生的人出现，二孬就给应人汇报。应人就让污水改道，进污水站，又叮嘱二孬别忘了把污水沟上的草掩盖好。应人没有多余的话。二孬伶俐着呢，哪能不明白应人的意思？前段环保局的人来检查，一下就罚了应人二十万。应人说，这二十万发给你多好。应人对二孬说，咱是一家人，只要我能挣下，就不会少下你的。

应人说了好多，二孬只想着那二十万要是给他，儿子的心脏病就能做手术了。二孬在臭水沟边走着想着，独独的忘了臭水沟的厉害。那天二孬本来上的白班，可应人说上头有检查，叫他白班夜班连着上。二孬白天没睡觉，晚上脑子跟糊了糨糊一样老犯迷糊，一不留神，跌到了污水沟，裤子倏地就成了碎片，污水簌簌地咬噬着他的腿……

应人把二孬送市里医院，嫌那水平不高，又把二孬送到省城最好最大的医院。二孬从医院回来后，说多亏了应人把他送进了大医院，要不是的话，这条腿就保不住了。二孬喜眉笑眼地给人讲省城的医院，讲医院的医生护士病房病友。独独的，不说一句应人的不是和厂子的污水。

有人撺掇二孬告应人，说在他厂子烧的该他治，告了，验个残疾，他还要给你赔钱。二孬不告。二孬说他的腿烧坏了是他的命里该有的灾。二孬心说，告倒应人谁给我娃的手术钱女儿的学费？谁给我送米送油？二孬女儿上大学没学费，应人一下就拿出三万。

救护车拉走了应人，二孬跌着脚进门就要媳妇把那只老母鸡捉了，他去医院看应人。媳妇不乐意，拉着脸说他是你先人还是你老子？二孬骂媳妇长头发短见识，说，别听旁人说个啥，就跟着瞎鼓捣啥。自己日子要自己过，自己的疼痛还不是自己受哩？

二孬提着老母鸡一进病房，就眼泪叭嚓的，跌着脚，扑到病床上，摸摸应人的腿，又跌着脚摸摸应人的胳膊，才说，要撞也该把我给撞了，咋就不长眼地撞上你了呢？

应人哈哈笑着，连声说没事，叫二孬把鸡提回去，说他这里啥也不缺，又指着病房里的补品，要二孬拿些回去吃。应人说，今年厂子要是效益好了，挣下钱再给你植一次皮。二孬搓搓手嘿嘿地干笑着说，我就这样了，老了，不讲究了，就是娃那手术。应人说，没问题，只要能挣下。

冬天时，应人果然给二孬送来五千块钱，叫二孬给娃攒下。

应人走后，二孬指着钱，对媳妇说，把应人当恩人没错吧？他手指缝漏一点点也够咱用了。

媳妇撇撇嘴说，就你知道他厂子的臭水排哪儿了，现在国家把环保管得严，他还不是怕你告啊，你才是他的恩人哩。

二孬不让媳妇胡说，别以为在人家厂子受伤了，又知道人家这点秘密，人家就欠你了怕你了，没听说应人上头有关系哩？二孬指着钱说，要不是娃有病，咱犯得着对他叽叽儿的供着吗？

二孬腿稍微好点，又跑到臭水沟边上班了。

可是，二孬上班没几天，厂里就来了好多人，带走了应人，封了厂子。还是有人举报了应人厂子排污的事情。

厂里的人都散尽了，车跑时卷起的尘土都落净了，二孬还踮着那只烧坏的脚，丢了魂一样傻愣着，喃喃，不是说上头有关系的吗？又恨恨地骂，谁那么坏心眼呢？

人前一句话

不到一顿饭的工夫，二孬在光子盖房工地上闹事，可羊凹岭的人都知道了。人们撂下饭碗，一窝蜂涌到了工地上。

二孬骑坐在砌了半人高的墙上，吧唧吧唧地抽着烟，黑着脸，不说话。

工程队的人好话赖话说了一筐，不管用。二孬黑着眉眼，就一句话，叫光子来，我就问光子一句话。干活的人嚷嚷，要找你找去嘛，不要守在工地上，耽误干活。

二孬呸地吐了烟，噌地蹦下来，指着说话的人骂，凭啥我找？光子不给我一句话，你们甭想动工。嚷嚷着，就从墙上推下几块砖。

工头没法，又拨了光子手机，叫光子快点来，说活儿没法干了。

二孬说，不是没法干了，我就问光子一句话，完了，你们就干。

工地上的人越聚越多，却不见光子来。有人唤二孬，说，有事说事，你挡人家工程干啥？

二孬看着来看热闹的人，说，不是我二孬心眼歪耍混驴故意闹事，光子他和我十三年前说好的。

十三年前，村里规划地基，二孬和光子做了邻居。光子见二孬收拾地基准备盖房，就找二孬商量，说，叔，你知道我家没钱，能撑两间土厦厦也是为了把媳妇哄回家。咱两家把房子盖一般高低，门楼盖一样大小，外人看着好看，我找媳妇也不失体面。

光子叫二孬盖房子不要盖的太好太高了，说是千年邻居要相互照应，说咱羊凹岭的穷讲究，你高了我不在乎，可让人看着笑话我哩。

羊凹岭对建房的说法是东高不算高，西高压断腰。意思是西边的房子高过东边的房子，对东边房子的主人不好。这虽是迷信说法，可羊凹岭人信奉的很。二孬的地基恰恰在光子的西边。

二孬嘎嘎笑着，说，远亲还不如近邻哩，就依你。

二孬盖房时跟光子的房子真就盖的水平。

可让二孬没有想到的是，十多年后，光子开了洗煤厂，钱多的在城里买了楼房，眼下要把家里的土房子拆了重建，说是要建两层楼，要建能开进小车的大门楼。

二孬在家等了光子五天，等光子给他这个千年邻居一个动工的招呼，光子都没来。

哪怕一个屁呢，二孬说，让我闻闻也行啊，也算是光子给了我面子了。不能说你光子的脸是脸，我的脸是抹布，你想擦就擦想扔就扔吧？

没有人听二孬诉苦，都说二孬眼红光子有钱，故意找茬想诈点钱。村里好多人都在光子的洗煤厂上班，他们都觉得光子不错，招工总是先考虑本村人，工资也从不拖欠。

他们说，二孬你不该记恨光子不叫你女儿上班，你女儿确实太小了，可你娃不是在厂子上班吗？光子还是照顾你了嘛。你挣着人家的钱，还叫驴一样把屁大的事吵嚷个不停。

二孬说，我啥时记恨光子不叫我女儿上班了？天下活儿多着哩，这儿不要还有地方要哩。

人们说，吃饭吃味，听话听音，你听你的话还是记恨光子不给你女儿活儿嘛。

二孬说，我没有。再说了，一码归一码，不能混一起说。这盖房的事早十几年前他就和我说好了的。

二孬嘴角挤了两坨唾沫花子，又叨叨十多年前的事。

谁听那些陈芝麻烂谷子的事呢？

二孬媳妇来了，拉不动二孬，跳脚骂他没本事，挣不下钱，在这儿让人看笑话。

二孬的儿子女儿来了，扯拽着二孬回去，怨恨地说，人家盖房关你啥事？非要那一句话干啥？是能顶了饭还是能顶了衣？

村长来了，村长也劝二孬让开，说先让工程走着，事情好说。

二孬黑着脸不动弹，说，就是一句话，光子给我一句话啥事也没了。

村长说，要那一句话能顶球用？光子盖两层，你盖个三层不就得了？

你赖在这儿算啥?

有人说,他就是眼红人家光子盖楼房哩,耍赖就是想要俩钱。

有人说,啥面子不面子啊?他还是记恨光子不叫他女儿进厂故意找事哩。

戚戚喳喳的责骂声黄蜂般嗡嗡地蜇在二孬的心上。

二孬的脸乌紫黑青,瘦长脖上的青筋蚰蜒般暴起,喉结急促地上下蠕动着,干裂的嘴唇索索索索颤个不停,指着人们,却说不出一句话来,忽地站起,又忽地蹲下,随手就捞起一块砖。

人们以为二孬要砸什么东西了,就往跟前涌。可他们还没走到二孬跟前,就听二孬吼了句什么,咣的一声后,一股红艳艳的血从二孬头上倏地流下……

寻人启事

张二蛋发现媳妇不见时，是那天赢了几十块钱，从街上割下二斤肉，喜滋滋地想讨媳妇个笑脸，到家却不见媳妇。前街后巷都找了，柴房子、茅厕也看了，就是没看见媳妇。张二蛋的眼睛一下就瞪得牛眼般。

他这才想起好多天都没看见媳妇了。

张二蛋踹开摩托风般向媳妇娘家奔去。一把黑锁挂在丈人家门上。他咣咣连敲带踢了好一会儿，也没人出来。张二蛋心想媳妇肯定在娘家，她能跑哪儿去？

张二蛋蹲在丈人家门边，抽了一根烟，不见人回来。他又抽了一根烟，还是不见人。张二蛋气得呼哧站起，噗地朝丈人门上吐了一口绿痰，蹬起摩托，奔向媒人家。当初媒人说这女子千好万好，可娶进门不到半年就不吭一声地没了影子？

老远，他就看见了媒人。媒人一双小眼眨个不停，薄的嘴唇一张一合一张一合。张二蛋听不清媒人说了什么。他的耳朵嗡嗡响，好像一千只蚊子在里面飞。

媒人撂下一句话走了。媒人说，不跑才怪，再好的女子也架不住你成天赌。

张二蛋想跟媒人理论时，媒人早一股风拐进了小巷子。小巷子低一处高一处，大的小的门洞黑乎乎的像是睁着冷的眼看他的笑话，火气一下就顶上了张二蛋的脑门。他顺手捞起一块土坷垃，砸了过去。

张二蛋的摩托车又向他爸妈家跑去。

张二蛋一进门就跟他爸说，我媳妇不见了。

他爸说，你就没明没黑地赌呗。

张二蛋说，好几天了，我都没见着媳妇。

他爸说，好好的媳妇你守不住，怨哪个？好好的汽车修理活不干，怨哪个？

张二蛋白了他爸一眼，出去找三叔了。三叔会卜卦。巷里谁家丢了东西，都找三叔掐算。张二蛋还没张口，三叔就举起一根手指，说人在北边。

张二蛋顺着三叔那根干枯的手指，觉得眼前一片光亮，媳妇就在那光亮里走，圆的屁股一扭一扭。

北边是省城。张二蛋到了省城，先找到在城里一家汽车修理厂打工的小姨子。他想通过小姨子打听媳妇。小姨子白他一眼，说你跟麻将过日子不是挺好吗？张二蛋讪笑着，听小姨子训斥完，说我真不玩了，再玩我就是……小姨子的嘴角扯到了耳根，不屑地说，别在我这里发誓，要说，跟我姐说去。张二蛋说我这不是找不到你姐吗？

张二蛋没想到小姨子给他住的地方的隔壁是一家麻将馆，麻将声哗啦啦招魂一样蛊惑着他。张二蛋把拳头捏了又捏，几次都走到麻将馆门口了，又折了回来，抬眼看见小姨子冷的眉眼，臊得他满脸通红。

在城里找了好几天，媳妇的影子也没看见。张二蛋急得又去问小姨子。

小姨子还是一副冷脸，说我姐也好多天没跟我联系了，要不你先在这里干着，厂里正好缺修理工。说着话，就嗖地扔给他一沓纸，让他写个"寻人启事"，说这样能快些。

张二蛋答应在厂里打工，却不同意写"寻人启事"，说，打印多省事。

小姨子不屑地哼了一声，你有钱？

张二蛋张张嘴，丢在岸上的鱼般直翻白眼，问，咋写？

小姨子说，想咋写咋写。

张二蛋就在纸上写下了一行话：媳妇，只要你回来，我要再进赌场，我就是驴……

小姨子看一眼他的字就说，你那字还真跟驴粪蛋一样。

闲时，张二蛋果然去街上贴寻人启事了。有一天，他刚走到街上，就看见前面一个女人胖的屁股一扭一扭的，很像媳妇。他就追了过去，可那个扭搭的屁股像一滴水掉进了河里一样，转眼就看不见了。张二蛋抱着广告栏跟个疯子样哭得呜呜的。

城里横的竖的街道像羊凹岭上的山道一样密集一样数不清，三个月都过去了，一沓的启事贴得快完时，小姨子让张二蛋接电话。

竟是媳妇打来的。

媳妇电话里骂他驴，说你再进赌场，"寻人启事"就是贴遍地球也没用。

张二蛋一下就愣住了。

小姨子说你的"驴粪蛋"该扔了吧。

张二蛋说不。他把剩下的启事贴到了宿舍墙上。狭小的房子，挨挨挤挤地贴满了张二蛋的"驴粪蛋"。张二蛋壁虎一样扑在他的"驴粪蛋"上，笑一阵，哭一阵，跟个孩子一样。

北风吹来

老岳站在梯子上摘苹果时，一抬眼，看见公路边走着一个女人，头发在风里一飘一飘的，走着走着就哧溜溜从公路下到了果林里，在果树间绕着走。老岳心想肯定是下来吃苹果的，就盯着女人看她到底要干啥。三亩果园，吃三个五个没啥，怕的是乱摘乱扔的糟蹋，更有甚的是提袋子偷装了扛走。可是，那女人并没有摘苹果，好像是，看也不往树上看一眼，径直走到老岳的小房子前，停下了。

老岳站在梯子上喊，干啥哩？

女人转着头，四处找看，看见了树上的老岳，皱着眉头，说，找人。

老岳说，我？

女人摇摇头。

老岳看着树下瘦弱弱的女人，风中的芦苇般，一张干净的脸上，也忧郁，也怅惘，他的心像被蜇了一下疼，就有些愣怔。老岳其实还很年轻，不过是个子矮墩，面相老粗。阔大的额头上三道深的皱纹，刻下的样。眼睛小，篾子划开似的。嘴巴倒大。一张嘴，嘴角能扯到耳边。二十八岁？也许已经三十多了。没人知道老岳的年龄，可都知道老岳娶不到媳妇。人丑，是一个理由，家穷，才是最大的障碍。亲戚邻居劝他找个残疾人，说好赖成个家。老岳心高，嘴上却说，没家没厦一身轻。

女人喊老岳大哥，说找武平。

老岳从梯子上下来，粗的短腿舞动得风快，一蹦一蹦地跳到女人面前，摘下一个红苹果叫女人吃，说，你若找果子吃我这有的是，你找人，这园里除了我，没第二个了。

女人接过苹果，嘴角扯出一个艰难的笑，说，听说来果园打工的人多哩。

老岳大嘴一搐一搐咧到了耳根，搓着手说，眼下不多，这片红富士几千亩哩，熟了，好多园子都雇人。

　　女人问他见过一个叫武平的人没？羊凹岭人，瘦，高，左眼皮上有块疤，铜钱大，小时跌在鏊子上烫下的。

　　老岳心说没见过，自己就五亩果树，从没雇过人，哪舍得雇人？老妈还在炕上躺着要吃药要输液，可他不舍得让女人走，就说见过，说在我这果园子干活的老五跟你说的人有几分相像，左眼皮上也是有块疤，叫老五。

　　是武平。老岳看见女人的眉眼一下就花般舒展开了，他也开心地搓着手，转身摘了一怀苹果，塞给女人，说，老五昨天说出去转转，红富士熟了，就回来。

　　女人眼里倏地盈满了泪，把手里的苹果捏了又捏，也不洗不擦，咔嚓咔嚓就吃开了，一口赶着一口，急促，凶猛，跟人赌气般。吃着果子，眼泪却扑簌簌流了两行。吃完了，抹把脸，才说，他心真硬啊，说好的出来就回家，开春等到秋了，也不见他个影子。老岳这才知道那个叫武平的，三年前跟人打架把人家一条腿打断了，关进了"四堵墙"。老岳看女人哭得伤心，说老五真是你的武平的话，你留下来给我摘果子，一边也等他，反正我还要雇人。

　　女人叹息了一声，又拽了个果子，咔嚓咔嚓吃。

　　每天，女人都要到红富士的树下看，问老岳，什么时候能熟呢？跟着老岳摘苹果，有时会突然停下来，呆呆地看树上的苹果。老岳眨巴着小眼睛，装作没看见。有一天女人爬上梯子，按下枝条，扯着脖子，仰着头，四处张望。红的青的果子在阳光下，一闪一闪地耀眼。风吹过，馨香呼啦啦地飘来，雾般绕着女人。老岳在树下看着掩在树叶中的女人那张干净的脸，心说她怎么就相信我了呢？这样想时，他的脸就扑哧烧开了，就不敢看女人了。可是女人从梯子上下来，就唤他老岳哥，说要是武平回来了，我们就在你这果园住下吧，多好的地方，我喜欢呢。

　　老岳仰看着女人呆呆的样子，心，莫名地疼开了。他想给她说清楚，可他的嘴胶粘般，动不开。还是不舍得。老岳舞着他的短腿，一直走到果园深处，抱着果树，呜呜地哭。艳红的苹果噼噼啪啪砸落一地。

　　时间的腿再短，也经不起风的牵扯。几股风刮过，红富士熟了。果香浓郁，蜂般嘤嘤嗡嗡，在果园子里到处绕。

女人呵呵笑，熟了？

老岳说，熟了。

女人说，武平要来了。

老岳的眼里飘出一线凄惶。

老岳家的红富士摘完了，武平也没来。武平当然不会来。武平在哪儿呢？老岳不知道啊。

女人问老岳怎么回事？说他是不是不喜欢我了？他是不是不要我了？

不会，肯定不会。老岳扁扁嘴，心呼咚呼咚乱跳，诺诺着，我，骗你了，我从没见过你的武平。可是他的声音刚出了嗓子，就被捂在了嘴里。他不想让女人伤心。

第二天，果园没有女人，树上也不见女人。梯子在树上落寞地靠着。老岳一蹿一蹿地登上去，看见女人在公路上走得飞快。老岳想跟女人说等等他，他跟她一起找她的武平，找到了，他会狠狠地揍那家伙一顿问他为啥把这么好的女人扔下不管？可是，他刚哎了一声，梯子就歪了，啪的一声，老岳像摔烂的苹果贴在地上。

输　赢

父亲安葬了，民子却没有回家的意思，天天晚上催媳妇唤保斤两口子来他家玩扑克。保斤家有个果园，白天卖苹果，夜里也是闲得没事，跟民子家是邻居，自民子回来葬了父亲，他们在一起玩了好几个晚上了。可是媳妇不乐意，问他回不回去？民子说还有事哩，又对媳妇说，跟保斤他们耍，你不能赢。媳妇眼睛瞪得鱼眼般不懂。民子不耐烦地说，你听我的。

保斤和媳妇来了，扑克呼啦啦开始摔了。

民子媳妇没听民子的话，赢了一把，气得民子桌下揣了她几脚。媳妇再没敢赢，好好的牌也给打散了。民子也是，看保斤他们没动静，就把一副好牌给打烂。

一圈下来，民子和媳妇输了好几个火柴棒。又一圈开始了，民子担心媳妇要赢牌，不时地在桌子下用脚提醒，一场扑克玩的看似轻松其实很辛苦。自然的，民子和媳妇又输了好几个火柴棒。夜深了要散伙回家睡觉时，一算火柴棒，民子和媳妇输了好几十块钱。连着三天耍扑克，民子和媳妇输了好几百块钱。

第四天，民子对媳妇说，再跟保斤耍一天，明天回去。

媳妇听民子还要耍，脸上立马落下一层暗灰，话语就亮闪闪地蹦跳着呼啸了过来，耍耍耍，就知道耍，天天输，还要耍。你回来埋你爸哩还是回来耍扑克输钱哩？

媳妇还要数落民子时，保斤媳妇来了。保斤媳妇唤他们去她家耍，说老在你屋里耍你老输，保斤说了，今个要耍就换个地方，兴许你能赢。

民子呵呵笑，连声说没事，说输俩钱有啥，不就是图个跟你们耍个开心热闹嘛。

保斤的果园子虽说一年挣得也不少，可他爸妈都有病，一年的医药费报销了还要掏好多，还有他的孩子也都大了，大学中学的一交就是上万块。保斤说他是过路的财神，说钱到手里这里一点那里一点，三下两下就完了。保斤一家还在老院子住着，阳光让周围新盖起的房子遮了个严实，三间不大的北房黑乎乎地趴在地上，大白天的，屋里也亮着灯。

保斤不在家，民子摆着扑克就问保斤找到活儿没？

保斤媳妇脸上闪过一丝黑苦，没哩，长期的还好说，短工不好找，他腰也不好，岁数又大。

民子瞅着保斤媳妇黑紫干巴的脸，扁扁嘴，却不知说什么好。

保斤回来了，晃着手里的菜和肉，一会让你嫂子弄几个菜，今个在我这吃。

民子催他快点，说在哪吃都一样，先耍两把再说。

一圈下来，民子和媳妇又输了。

又一圈下来，民子和媳妇还是个输。

保斤说，不耍了不耍了，你那手气太背。

民子搓着手，做张做势地，再耍两把，我还不信赢不了你，小时咱在一起耍，碰腿、进溜溜球、教猴子，我可一次也没输过你。

保斤嘎嘎笑着说，那时明黑在你家耍，可没少吃婶做的饭。

打着麻将，民子说，明个我准备走哩，学校催得紧，毕业班，课重。

保斤说，是该回去了，叔的事也完了。

第二天，民子锁门要走时，保斤来了，二话不说，先把一卷的钱塞到民子兜里。

民子躲闪着说咋了给钱？

保斤按住民子的手，说你收好钱再说。

民子只好疑疑着抓了钱。保斤说，这是你这些天输的钱，民子你别急你听我说，你的心思我清楚，昨个黑夜，躺炕上想起你这些天老输老输，拖着拽着不回去，输来输去还要耍，为个啥呢？猛地我就想起了你爸妈的坟，我这心一下就豁亮了，心里一豁亮我就先恨恨地骂自己笨得成天拿脚后跟想事哩。

民子摆着手，急得想说爸妈的坟在他地里，让他少打粮，平时还得帮忙照看不要让水钻进坟里。可他张了几次嘴，都让保斤给挡回去了。

保斤说，粮食金贵，这人情就不金贵了？再说了，坟地能占多大块地？穷富不在那。你放心，叔婶的坟跟我爸妈的坟一样，浇地发水我会操心，长了蒿草野草我会拔干净，清明十月一我也会替你烧两张纸钱，跟你在家一样样。你输钱事小，你害我输了情谊输了义气可成了大事了。今个我收了你的钱，明个我还咋在羊凹岭张嘴说话哩？

坐上车后，媳妇高兴地数着钱，说果然是这些天输的数。

民子叹了一口气，说，我就是想借着耍麻将输给他钱，他能心安理得地接受，谁知道他还是识破了，到了还是他赢了。

我给你讲讲保斤小时玩赖的事吧。民子兴奋奋地扭脸看媳妇时，媳妇靠着椅背睡着了。民子心里却被谁搅动般，不能安静。

母亲的布鞋

儿子从小穿母亲的布鞋，大学毕业到参加工作，单身到结婚成家，都是穿着母亲做的布鞋。儿子的右脚多一个脚趾，而且脚背比常人的高，鞋子买不到。除非到鞋厂定做。谁给他定做呢？

媳妇不让男人穿布鞋，给男人买了好几双皮鞋，黑色的，白色的，都有。男人却不多穿。男人说受不了，脚夹得跟上了刑一样。

儿子跟母亲说这些时，母亲就心疼地盯着儿子的脚，目光柔软得像是一双手，在儿子的脚上抚摸。

媳妇撇着嘴笑话男人的命不好，说穿一双土不拉儿的布鞋能踩出一条金光大道？

母亲听出来媳妇话里的意思，她的脸兀自先红了。母亲觉得若真如媳妇说的儿子命不好，肯定是她的过错，是她没把儿子生出一双好脚一个好命来。只是母亲不明白，儿子的命怎么不好了？县政府工作，有什么不好呢？

母亲想不明白。母亲就琢磨着把儿子的布鞋做得更舒服更柔软些。

冬天的棉鞋，夏天的凉鞋，春秋的单鞋，母亲赶着季节做。母亲做一双鞋就要丢掉一个鞋样子。母亲给儿子做的布鞋方头的，尖头的；系带子的，扣环的……母亲的布鞋柔软舒适。母亲的布鞋也带着时尚气息。

再时尚也是个土疙瘩。媳妇瞥一眼母亲的布鞋，不屑。媳妇叫男人穿皮鞋，媳妇说疼不能忍忍吗？媳妇踹着布鞋说，穿那像啥？能走到人前去？媳妇把母亲做的布鞋都送给了楼下捡破烂的。母亲捎一双，媳妇送一双。媳妇逼着男人穿皮鞋，唾沫花钢针般嗖嗖地射到皮鞋上，说，哪个不在忍？你看看机关里的人，哪个不是把屁股夹得紧把脚抬得轻？

男人只好穿起了皮鞋。

母亲不知道儿子不穿布鞋了，忙完庄稼和家务，就坐在院子的桐树下，鼻梁上吊着老花镜，做那种宽宽大大的布鞋。

过年回家，儿子和媳妇开着车回来了。往年不是。往年他们都是坐客车到镇上，再搭出租车回羊凹岭。儿子的车一开开到了土门楼前。儿子和媳妇在前面走，后面跟着个小伙子。小伙子手里一嘟噜一嘟噜提着好多东西。媳妇说，小伙是司机。媳妇对母亲说，你儿子当上财政局局长了。

我可不管他是啥长，我就知道他是我的儿，母亲心说。母亲的眼睛直往儿子的脚上看。儿子脚上穿的是锃亮的皮鞋。

母亲说回到屋里了就放松些。母亲拽着儿子换上布鞋。炕头上，摆着三双布鞋。

媳妇嘭嘭地嗑着瓜子，叫婆婆以后不要再做鞋了，说一双鞋算个啥？有人专门给你儿子从鞋厂定做皮鞋呢。

母亲抱着布鞋，愣愣地看儿子的脚。母亲的眼光在儿子锃亮的皮鞋上无处安放。母亲还是不停地给儿子做布鞋。这次，母亲只做了两双布鞋。母亲不等儿子回来，就吃了晕车药提了鞋子去城里了。

儿子下班回来，母亲掏出布鞋叫儿子穿上。

儿子笑笑，把布鞋接了过来，却不穿，放到了一边。儿子告诉母亲让她安享晚年，以后不要再做布鞋了。

母亲问，穿皮鞋脚不疼？

儿子说，习惯就好了。

母亲听着儿子的话，心就吊在半空一般不安了起来。母亲说，脚难受是小事，心难受才是大事。母亲拿着布鞋，硬是要儿子穿上。

儿子看看母亲，扁扁嘴，只好脱了皮鞋，穿母亲的布鞋。可是，怎么穿也穿不上，好不容易穿上了，脚又挤得疼。母亲问小了？儿子说小了。母亲就让儿子穿另一双。另一双又太大。儿子的脚在鞋里直晃荡。母亲问大了？儿子说大了。

母亲说，你这脚还没麻木哩，还知道个大小还能觉出个合适不合适。

儿子听出了母亲话里有话。

母亲说，儿啊，自己的脚，咋能穿别人的鞋？穿了别人的鞋，不就得跟别人走不就由不得自己了吗？

儿子的脸烧红。

母亲说，有些事情就怕有个开始，今个人家送你一双皮鞋，你穿上会难受一下，时间长了，你的脚就木了心也跟着木了，再伸手就觉不出难受了。

儿子的脸红一阵白一阵。

母亲说，儿啊，人活一世，不管做多大的事，不就是图个走得端行得正不让人戳脊梁骨骂吗？

儿子把布鞋紧紧抱在怀里。

# 只缺烦恼

咣，很轻的敲门声。翠平还是听到了，猛地从沙发上蹦起，拖着拖鞋，筛晃着一头乱发，扑塌扑塌地跑到院子，开了门。

三钱和他的儿子来了。

前几天，翠平提着大包小包安神补脑的药，从城里回到羊凹岭。翠平一回来，就跟男人说不想睡床了，还是睡炕踏实。翠平说，盘了炕，还要画炕围子做卧柜立柜，还要盘炉子火墙……男人电话里早不耐烦了，说，随你嘛你想咋折腾就咋折腾嘛，别问我，我这一摊子事哩。翠平听着电话里的声，心里就一波一波慌跳，眼神一下就虚了，火苗似的半空里飘。

翠平果真叫三钱给卧室盘了一张大炕，修了炉子，砌了火墙。翠平看着偌大的土炕，欢喜地叫三钱明天来做躺柜立柜。

三钱是木匠，泥瓦活儿也能上手，就是好多年不做木匠活儿了。三钱放下手里的斧子锯子刨子墨斗，就问翠平刚扔了床盘了炕，咋又猛猛地想起做个柜子了？说人家都买现成的，你又不是买不起？

翠平用手捋着在沙发上压扁的头发，说没事干嘛，闲得干啥啊？可巷子老的老小的小，找不到个说话人。翠平指着墙角的一堆木料，说我结婚时的立柜卧柜不都是你做的吗？就按那样子做。

三钱抬眼看一下翠平，嘴角就往下扯了扯，心说真是有钱闲得没事干了，听翠平说要做以前的老样子，就嘎笑着说，那跟你屋里的摆设哪配得上？

翠平的南瓜脸呼嗵就笑开了花，旋即又呼嗵拉下了脸，恨恨地说，啥配不配的？人开心了顺气了看啥啥好看。翠平说着说着，眼睛就迷离了，以前的日子呼啦啦就像风吹着般展现在她的眼前——那时，两间土屋

子，小，还暗，可她高兴，男人也高兴……翠平烦愁地说，眼下的日子寡淡得凉水一样，没有一点意思。

三钱看着那堆木料，听翠平说得伤感，就用眼角扫了翠平一下，心说男人开着铁厂，听说一年就能挣几百万，她还不开心她想过啥日子？翠平还在一边长长短短地叨着，三钱拿着尺子在木头上已量开了。

翠平搬来啤酒饮料，叫三钱和他儿子渴了乏了就喝，说，不急，又不赶日子。三钱说干完就了了，都忙哩。翠平以为三钱是担心工钱，就急忙告诉说数日头，见日头就给你工资。三钱看一眼翠平，扁扁嘴，说不是那么回事，我那几十头猪得靠管，媳妇和娃也要靠我哩。翠平知道三钱的情况，媳妇有病，干啥事都指望不上，就是招呼个娃娃吃饭，她也管不了。就一个娃，小时高烧烧坏了脑子，也不开窍，只知道低头干活，

翠平说，要不让你媳妇也过来吃饭，反正有保姆做哩。

三钱摇摇头，吆喝儿子一起把木头架到凳子上，在上面画了黑的墨线，就跟儿子扯着锯子上上下下刺啦刺啦地锯开了。翠平在一旁看着三钱父子拉锯、推刨……就发现三钱眉眼间不见一丝的愁烦，黑红的脸上淌着汗，累得呼呼地喘气，手闲下来还要跟她说个笑话。三钱的儿子看上去也一点不傻，跟他爸配合得挺默契。保姆熬好的药放凉了，翠平才想起来喝，电视机开着，她也不看了，就站在院子看三钱父子干活。看着，她的眼神就虚一阵实一阵，心里就兀自生了许多的感慨——以前，这个院子也有过这样的热闹和欢笑啊。

过了几天，躺柜做好了，立柜也做好了。

翠平嘭嘭地拍着躺柜立柜，哦哦地欢喜着，说，手艺没丢嘛，还是这么好。翠平说，我一看就看到了二十年前你给我做的柜子了。翠平叫三钱父子把柜子油漆，像以前那样画上燕子双飞鸳鸯戏水。三钱为难地说，就怕油漆的手艺不行了，多少年都没有画过一笔了。翠平说没事，又不是给旁人看哩。

躺柜立柜画好后，翠平的大院子又沉寂了下来。

翠平是受不了这样的死寂。翠平就给三钱打电话，叫他跟儿子把花池子整整，给厨房墙上凿个碗窑，再做几把木椅子……翠平一下说了一大堆的活儿，三钱电话里嘎嘎笑开了，我看你就是闲得无聊哩，

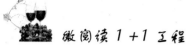

日子太顺溜了，倒叫你心空得没着落了，还是找个事做，占个心，要不你来给我喂猪锄地吧，保准你累得没力气胡思乱想了，还免费治疗你的失眠。

翠平当然不可能去三钱地里锄地。

翠平看着满院子的阳光和风没心没肺地踅摸，心下落寞得长满了荒草，心说三钱说得没错，可是，她能做啥呢？

收发员老发子

老发子跨出门槛时，老婆的号哭镴头般咣咣地镰在他的头顶。门口槐树上的一群灰雀儿呼啦啦飞到了天空。太阳明亮。老发子觉得太阳太亮了，刺得他眼睛睁不开。揉揉眼，却揉出来满手心的泪。

老发子又揉了下眼睛，扑塌扑塌朝村委会走去。他是村里的收发员，报纸和邮件来了，都是送到他手里。报纸，他就给夹到报夹里，一张一张，按照时间顺序，展展的整齐。信和汇款单，他会一刻不耽搁地给人送去。村子不大，可住得散，沟沟岔岔里，这儿一家，那里一家。一封信，有时来来回回要走一个多小时。接到信的人先不看信，先拉着他让他坐，给他倒水，挖一勺白糖搅上，他紧赶着喊别放糖，人家还是放上了，双手端给他，说，也不急，哪天路过捎来就行。他说那哪行？万一有急事。也顾不上喝水，抿一口，就走了。有人过来看报纸哩。

眼下，他已经七天没去了。七天，他觉得自己过了七年七十年。人们看见老发子的背一下子驼了，脚上套了十斤重的鞋子般，走得沉闷，滞重，扑塌扑塌，扑塌扑塌。背驼了，头就不由得向前伸，眼睛直愣愣地看着前面，也不知道看到了什么。有人跟他打招呼，他也好像没听见，背抄着手，只管走。扑塌扑塌。

他的儿子死了。头天晚上还好好的，还到他屋里跟他坐了一会儿，给他扔了一根烟，打开打火机给他点了，第二天早上就死了。早晚凉了，穿暖点。儿子一只脚搭在门槛上，回头说。儿子黄瘦的脸被惨白的灯光照得水样清寡。他当即怔了一下，不是愣怔儿子的那句话，是那张脸让他一晚上都没睡着。水样清寡的脸在门口一闪，不见了，转眼又来了。这娃。

开了收发室，他看看表，时间还早。送信送报的老薛还没来。老薛想隔一天送一次，说天天送，麻烦。他不同意，说万一有个信耽搁了呢？老薛气得说哪能天天有信？都手机电脑了。他还是不答应，说就是个报纸也得按时才好。老薛只好天天来，来了扔下几张报，让他签了字，没多余的话，滴滴按两下摩托喇叭，冒一团黑烟，跑了。就那么几张报，也就是蔡纪子看。蔡纪子天天来收发室，看一会儿报，跟他扯一会儿闲话。说的都是报上看到的。有什么政策了，中央省里开什么会了……蔡纪子说，他听。他很多时候也不听，还烦蔡纪子唠叨个没完。家里一堆的焦事，他哪有闲心听蔡纪子云来云去？

可是，眼下，他想见蔡纪子，想跟蔡纪子说说话，听蔡纪子天南地北地扯。以后，怕是没有机会在一起了。他什么都不想干了。干那么多有啥意思？

半屋子的阳光，静静悄悄的亮。细小的尘在亮里蹦，也安静，也喧嚣。

往常这个时候，蔡纪子早都看完一张报了。该来的不来，不该走的倒跑得飞快。他默默地拖了收发室的地，把楼道也拖了，把桌上报夹上的报纸整理好。谁来接管，干干净净的也好看。他见不得土灰尘尘的样。他希望接管的人也能像他一样，把这里打扫干净。报纸书信应该放在干净地方。他想，最好能跟接管的人见见，吩咐吩咐。五十二年了，也该辞啦，蔡纪子不是早想挣这份钱了吗？

土尘飞了起来，呛得他弯腰咳了好一会，抹一把脸，黑糙的手上满是湿。

老薛刚进门，蔡纪子也来了。他们商量好似的，前后脚跟着。好几天没看见他们，老发子眼里竟有些潮。多大岁数了还这么眼软。背过身，悄悄抹了。叫他们坐，手抖着给他们倒水，说都擦过了，随便坐。

老薛平常总是急火火的，今天，看上去倒不急。正好，还有话要跟他说。老发子说，最后一次了，再来，该是个新手接待你了。

不干了？老薛和蔡纪子都疑疑呆呆地看着他。

不干了。

娃的头七不是过了吗？

过了。

你要想开些，一家子人还指靠你哩。

是哩。

还有孙子哩。

可不是。老发子再也忍不住，七天了，他没有在人前掉过一滴泪，可是在这儿，他干了一辈子的收发室里，他哭得跟个娃娃一样，抹着泪说，我这家全靠儿子哩，老天把他撅走了，是抽了我屋的一根大梁啊，让他把一家子撂给我这六十多的人就是要看我的笑话哩，我还能活几天？

想开些，生死簿子没老小。老薛劝他。

活一天也要活出个样样来，娃有病，走了也不受罪了，你老发子一辈子好人，老天会怜惜好人哩，照我说，你不要停了这儿的活，多少总是个贴补。蔡纪子把一张报纸摔得哗哗响。

老薛说，要不我把报送你家。

蔡纪子说，不用，老薛你来了找我，我帮着收发，我一天也是闲着。

老发子说，你干就行了。

蔡纪子说，我干也行，可你得天天来这陪我说话，我就爱跟你说个话。

老发子看着他们，嚅嚅嘴，又哭了。

蔡纪子和老薛就笑他像个女人家哭个没完。老发子抹了把脸，看着他们，挤出一丝的笑。

仲秋的太阳照在老发子的脸上，也照在老薛和蔡纪子的脸上，也明亮，也暖和。

洪水来了

雨是下在半夜的。雨点石子般把我家的房顶砸得噼里啪啦，一个闪电划在窗玻璃上，我看见我妈和妹妹惊恐地瞪大了眼睛。妹妹婴儿般缩在我妈的怀里，不敢动。

要是爸爸在就好了。黑暗中，我想。

柱儿，我妈唤我。我妈说，怕了到妈跟前来。

下雨有啥好怕的。嘴上说得轻松，我心却忐忑地乱跳。

好像只有一小会儿工夫，雨势就弱了下去。渐渐地，拍打着窗玻璃的雨点没有了时，小叔在门外喊。小叔说山水（洪水）快来咧，这点雨还没马尿多，抵不了事，旱了一夏的玉米地还得靠山水浇。

停电了，我妈点着蜡烛，从门后摸出铁锹，抓着雨衣要跟小叔去挡洪水浇地。小叔不让我妈去，说我妈身体顶不住，叫我去。小叔说，让一柱凑个数，省得人说闲话。

我知道小叔的意思。下牛坡地的十户人家，每年拦截洪水浇地都是一家出一个人。十个人前后照应，疏通河道，开挖地畔，堵留洪水……一个人根本不是洪水的对手。泥里水里还没转身，洪水就轰隆隆过来了，要么淹没了庄稼，要么是地还没浇，水已经冲下去了。

我妈看我一眼，说他还小哩，能行？

我倒是想看个稀奇，白了我妈一眼，咕哝着谁小啊。不等小叔说话，穿上衣服，噌地跳下炕，套上雨鞋，从我妈手里抢过铁锹就跟小叔走了。我妈捏着手电筒一直把我送到院门口。快要闪出巷口了，我回头看见我家院门口还亮着一团白光。

下牛坡地边站了好几个黑影子。谁的手电光照在我的脸上，吼问咋还带个娃娃？说浇地哩又不是和尿泥耍哩。是根子叔。我听出他话里的不满，捏捏拳头，真想冲过去给他一拳。小叔说，一柱是娃娃？他都半大小子了哩。根子叔还是不满地哼哼着说什么出工不出力的话，雨又簌簌地下了起来。隐隐的，我听见沉闷、滞重的声音远远地传来。

洪水要来了。

根子叔也顾不上说我了。他和小叔还有其他的叔叔伯伯齐刷刷地亮起挂在胸前的手电，提着铁锨开始清理水渠河道，给地边上开豁口，检查地里的土埂。小叔悄声叫我跟着他，别乱跑。

天蒙蒙亮时，洪水来了。

山呼海啸的巨响中，浑浊的洪水裹挟着石块、树枝……奔涌过来。小叔根子叔他们各有分工，有的跟着水头跑看，有的检查地里的土埂。我家地里有一截土埂哗地被山水冲开一道口，水呼呼地流到了地边的沟里。根子叔蹚着泥水，急忙撮土堵塞。扑哧一锨土扔进水里，就没了踪影。我急得也想跑过去帮忙，谁知一脚踩到水里，水却咕咚把雨鞋灌满。提脚时，脚出来了，鞋却胶到了泥水里，弯腰摸了一大圈子，也没摸到雨鞋。站在水里，我急得想哭，就看见根子叔把他的褂子脱了堵在豁口上，小叔赶紧扔了好几锨泥土才堵住。

小叔看我在水里，喊我去渠上，说没想到今个山水这么大。根子叔裹着一身的泥水，嚷嚷说哪个叫他来的？不顶事，还得人操心他。

我懊恼地把裤腿卷得老高，提锨准备走时，就听见根子叔嗷嗷地喊叫。浑黄的水里，根子叔举着胳膊乱摆。根子叔一定是踩到水眼了。羊凹岭人把地里的暗洞说是水眼。那些暗洞有的是地老鼠们的洞，有的是墓穴下沉后产生的。我边喊小叔，边往根子叔跟前跑。雨里水里，没人听见我的叫喊。大家都在忙着跟洪水搏击。

水眼不知有多大，等我到根子叔身边时，只能看见他半截身子在水上。我把铁锨的木把儿送到根子叔手里，叫他抓住，我来拽他。根子叔太重了，我拽得坐到了水里，他也没动一下。我抹了把脸上的泥水，扭脸看见身边的椿树，就一手抱着树，一手拽铁锨。没用。根子叔还是在水坑里泡着。我一屁股坐到水里，脚蹬着树，两手一齐用力，终于把根子叔拉了上来。

根子叔爬起来就用他的泥手在我的头上拍，顶事了顶上你爸了。

洪水小下来时，下牛坡的地也浇遍了。回到家里，我妈要给我下酸汤面吃，根子叔端着一碗荷包蛋来了，说是给我吃的。妹妹也要吃。我妈不让，我妈说那是你哥挣的。我妈抹着泪看着我笑。

　　我抚着腿上脚上划破的血道子，觉得十六岁的我在这一夜里长大了。

 # 学习雷锋好榜样

我妈说过，人没有前后眼。我说，对。那个交通事故一点预兆都没有给我，咔嚓一声，就摆在了我和儿子的眼前。

那天我去接儿子放学回家。从儿子的学校到我家有两条路，当然是指最近的路。一条是出了学校，穿过一个小公园，再过一条街，就到我家楼下了；还有一条路是从学校出来，绕到大街上，再绕到楼下。当然绕道得开车，虽然开车有时未必比步行快。那天发生的交通事故，就是因为我开了车，把我和儿子都牵扯进去了。也就是说，如果我不开车，带着儿子从小公园过，就不会那么快地到了楼下，就不会发生那件事了。现在想起，我的心情还是不能平静。

儿子要下车看。我没有下去，我不想管那些闲事，弄不好还会惹一身的麻烦，身边这类事情多了，原本是在做好事，却让好事搅扰得日月不安。我喊儿子看一下就上楼，做完作业还要拉琴。儿子不知听到了没有，我看见他虫子般一拧一拧地往人群里挤，转眼就看不到了。

没一会儿，儿子腾腾地跑回来了，书包在后背上左一下右一下晃来晃去，让人看着心疼。

爸爸爸爸，快，有个老爷爷在地上躺着，头上也流血了，你把他送医院吧。儿子砰砰地拍着车门。

我没有说去还是不去，也没跟儿子说那是麻烦事，不要去管。我说爸爸得存车去。

儿子急切地大喊大叫，眼里竟然扑簌簌流下了泪水。儿子哭着说，你不把爷爷送医院爷爷会死的……

旁边好多人都在看我们。我心想，又不是我的车撞了人。我看着儿子的眼泪还是下了车。我掏出手机，开了录音，挤进人群，趴在躺在地

上的老人脸上，对老人说，不是我撞的你，你说句话，我录下来，你家人来了或者交警队来了好给我证明。

一旁围观的人嚷嚷开了。这个说，录什么呀录，人都受伤了。那个说，看看这世道，人心不古啊。

我心说你们就会说风凉话，就知道围着看热闹，咋不伸手呢？

儿子急切地催我把老人抱上车。

我说，儿子你不懂，得有人做个证明。

儿子说，我给你证明，爸爸，我证明不是你撞了爷爷。

儿子的话锤子般咚咚地敲打着我，我的脸倏地红了。还有什么好说的呢？我和儿子把老人送到了医院，老人的儿子正好也赶了过来。

老人的儿子走到我跟前，刚要说话，我儿子就扯着他的胳膊说，不是我爸爸撞的爷爷，我证明。

老人的儿子呵呵笑着，告诉我们撞老人的车通过监控视频已经找到了，他是来感谢我的。

出了医院，儿子蹦跳着，嘴里叽叽咯咯地唱着歌儿。我喊住他慢点，问他唱的啥歌？

儿子仰起脸，又唱了起来：学习雷锋好榜样，忠于革命忠于党……

儿子告诉我下午老师刚教的这首歌。儿子说，老师教了一遍我就会唱了，老师还表扬我了呢。爸爸，你知道为啥我学得快吗？

我摇摇头。

儿子小小的眉头挤到了一起，小手指点着我说老爸啊老爸，你真是老了，你教我唱的你都忘了？你还给我讲过雷锋的故事你也忘了？

我给你讲过雷锋的故事？

儿子说，老爸今天咱们做的事算不算学雷锋呢？

我点点头，很重很重。

暖意融融的春风里，我跟着儿子一起唱起了歌：学习雷锋好榜样……

搂树叶

几股风刮过，天气就一日赶着一日地走向清凉，薄寒。树上的叶子一个夜里就能落一层，一个早上也能落一层。没有风，树叶子也纷纷往下落，好像地上有谁唤它们一般，窸窸窣窣，哗哗啦啦，匆匆地往地上赶。

爷爷站在院子，抓一把胡须上的风，喊一声，搂树叶子去。

爷爷夹着大的布袋子，奶奶夹着大的布袋子，我夹个小的布袋子。爷爷走得急，他是担心人家把树叶子搂没了，嗵嗵地撂着大脚催促奶奶快点。奶奶不理爷爷，悄悄地指着爷爷的后脑壳对我说，老财迷老财迷。我哈哈大笑。奶奶赶紧扯了我的手，警告我小心老财迷翻脸骂人。奶奶的一双小脚却拧来拧去快了许多。

刚走到村外，落叶就挡在了眼前。大的桐树叶子小的榆树叶子，铺满了小路。我张开袋子要搂。爷爷不让。爷爷给我使个眼色，走，前面去。奶奶捏着我的手说，跟着老财迷走吧。爷爷嘎嘎笑着，一双大脚踩得树叶子都飞了起来。

拐来拐去，爷爷带我们走到下牛坡边的树林子，不走了，抖开袋子，吼一声，搂。

嗬，果然是个落叶的世界。扑通一脚踏进去，叶子忽悠就跳到了半小腿。密密实实，一片压着一片，一层盖着一层，一阵风吹过，又簌簌落下一层。没了风，叶子也飘落，一片追撵着一片。偌大的林子铺得十个棉被般厚，好像全世界的叶子都飘落到了这里，好像这些叶子聚到一起就是专门等爷爷来搂。

爷爷一手扯着袋子，一手往袋里填塞叶子，忙的烟也顾不得吸一口了。奶奶也蹲在地上，搂一堆树叶子就往袋里拨拉。我扔了袋子，摔了鞋子，踏在毯子般的叶子上，一会儿又在"毯子"上蹦跳、翻跟斗，折一根树枝，把树叶串一串，当了马鞭子，或是旗子，举着呼啦啦疯跑。一会儿又搂起一把树叶，哗地向空中扔去。一边耍着，一边高兴地嚷：散花了，散花了……

爷爷性子急，担心搂不够冬日烧炕、引火做饭的树叶，担心他人搂光了树叶，一会儿就要抬头高声呵斥我一下，叫我不要贪玩，说不好好搂，看寒冬腊月不冻坏你个光屁股。又匆匆地低头装树叶。

奶奶跪在树叶上往袋里装叶子，白一眼爷爷，看着我，咯咯咯咯笑个不停，说，好好耍，甭理这个老财迷。

邻居六爷夹个袋子，站在林子外讪讪地说，这片叶子倒多咧。

爷爷不说话。我看爷爷黑沉的眉眼，知道爷爷心里跟六爷还别扭着。因为一根柴火，六爷跟爷爷昨天吵架了。奶奶使眼色叫六爷进来搂时，爷爷却说话了，还不进来搂等风把叶子都吹跑了还是等叶子都沤了烂了呢？

六爷欢喜地把他的旱烟袋子扔给爷爷，叫爷爷歇歇，吸上一口再搂。爷爷接了旱烟袋子，装了一锅烟，一吸，就皱起了眉，说没劲，又把他的旱烟袋子扔给六爷，叫六爷吸一口他的。六爷吸了一口就嘿嘿笑。爷爷吧唧着嘴，急急地问咋样？六爷不吭气，只管嘿嘿嘿嘿笑。爷爷也嘿嘿嘿嘿笑。我看见爷爷脸上的皱纹一层一层挤着往上叠。

所有的袋子都如爷爷所愿圆鼓鼓瓷实实的再也装不下一片叶子了，爷爷才满脸的红紫橙黄，也顾不上吸一袋烟，也不喊说腰疼了腿脚硬了，倏地将一个袋子甩到肩头，又叫奶奶在他的另一个肩上再放一个袋子，兴奋奋地扛着袋子往家送去了。

爷爷不让我们走，看一眼搂得正起劲的六爷，叫我们把叶子往一起堆，先占住，不要叫旁人搂走了，他把叶子装柴房，腾出空袋子，再搂。

奶奶咯咯笑着说，你瞅这老财迷，把个落叶子当个元宝了。

爷爷耳朵也不背了，回头要跟奶奶理论，像拉磨的驴子一样转来转去，却看不见奶奶。他的头被两边的袋子遮住了。我和奶奶笑得躺在叶子上。

奶奶找来软的树叶，给我编个蝴蝶；从水渠边拽来几棵狗尾巴草，给我编了个小兔子。我举着奶奶编的蝴蝶兔子在树叶上又蹦又跳。玩累了，奶奶和我躺在厚厚的落叶上，给我讲"猴娃娘"讲"七仙女"。深秋的阳光像个棉袄暖暖地盖在我身上，我睡着了……

如今，奶奶讲的故事还清楚地记得，与爷爷奶奶搂树叶的日子还清楚地记得，那些树叶编的蝴蝶兔子却找不到了，爷爷奶奶也找不到了。我站在小城的深秋里，看着日渐疏朗的树和光洁的街道，也不知道那些叶子都飘到哪里去了。

胖伙计瘦伙计

胖伙计是庙里解卦的。

瘦伙计是庙里打杂的。

庙是高禖庙。高禖庙在高村。高村在黄河边上。高禖庙祭奉的有女娲娘娘，还有大禹、姜嫄、后稷。传说有一年黄沙漫天，埋了一十八里的村子，独有高禖庙内洁净，不见一粒尘埃。说的是高禖庙有三颗宝珠，避风珠、避沙珠、避水珠，因而千百年来风沙不入，洪水不淹，巍然屹立。

——这些是听瘦伙计讲的。

胖伙计只讲卦。游人来了，拜女娲，求姜嫄，希冀富贵太平、免病消灾，拜完，就会晃一个卦桶，哗哗，哗哗。一个卦签就当地掉落。捡起，递给胖伙计。胖伙计就架上眼镜，就持了签子，就一二三四五地讲了起来。

胖伙计的桌子边有个功德箱，不大，也不小。人们往里面投了钱，还要给胖伙计的解卦钱。胖伙计不计较钱多钱少，倏地就揣在怀里，笑眯眯地给人宽慰，或者祝福。人都说胖伙计不错。

平日庙里游人很少，前来拜献的也少。胖伙计就闲了，抄着手，站在廊檐下看黄河看黄沙看黄沙边绿的农田和旁边的村子。唯独不看瘦伙计。

瘦伙计闲不下来。黄河边风多。一年一场风，初一刮年终。天天有风，天天就得打扫庙里庙院。没有游人，瘦伙计也打扫。先是举着个掸子拂了神像和香案上的灰，拂了一面一面大红旌旗上的灰，再擦条凳香案，然后，就抡着一把偌大的扫帚，刷，刷，从早起扫到吃饭，吃了饭，接着扫。

胖伙计看不起瘦伙计。胖伙计说，打扫哪个不会？你解一个卦试试。说得也是。

胖伙计觉得他是有本事有文化的人，就支使瘦伙计打水、做饭、洗衣……胖伙计瘦伙计都没有家室，都在庙院住着。庙院里有好多空房子。胖伙计住东厢房的一间。瘦伙计住西厢房的一间。有一年胖伙计病了，夜里要人照顾，瘦伙计就把铺盖卷到了东厢房。胖伙计好了，就把瘦伙计的铺盖抱到了西厢房。胖伙计说瘦伙计，你身上的味太冲，受不了。瘦伙计嘿嘿笑着，挠挠光头，走了。

可是，胖伙计却不嫌弃瘦伙计做的饭。一日三餐，都是瘦伙计做。胖伙计吃得有滋有味。有时也挑剔，嫌咸了淡了。嫌弃着，也不少吃一口。倒是瘦伙计上心，筷子头蘸一点菜水，尝尝，吧唧吧唧嘴，皱着眉头说没品出咸淡，碗里的菜已经见底了。

有时，他们也闲扯几句，都是胖伙计说，瘦伙计听。说的最多的是他小时候家境的殷实富裕，说他小时候怎样的读书，先生怎样的严厉拿着板子打手心……说来说去，说了八百遍了，还是那点东西，可瘦伙计每次都跟初次听说一样的专注，认真，盯着胖伙计的脸，跟着胖伙计讲说的内容，欢欣，或者唏嘘。胖伙计不看瘦伙计，他看黄河。缓缓流淌的黄河看不看他，听不听他的叨叨，不知道。

高禖庙热闹的是庙会，三月十八，九月十八。这两天游人多，求卦的人也多。胖伙计就忙，从早起开了庙门给赶着烧头炷香的人解卦，到了半下午，也闲不下来。

庙会时，瘦伙计有时在庙里，看看香炉里的香烛插满了，就拔起，摁灭，放在香案下。有时在院子，拎着撮箕笤帚，打扫卫生。

胖伙计瘦伙计都忙。

我去过高禖庙几次，是凑热闹，是去看庙外的黄河、黄沙边的绿地和庙门前搭架的货摊、小吃摊。人来人往，俗世的喜庆充盈着满满的快乐。

今年三月十八，我又去了。正殿门侧边桌子后端坐的还是胖伙计。他正忙着给人解卦，忙着收钱。胖的脸上紫红闪亮。庙院里拿着撮箕笤帚的不是瘦伙计，是个矮小的老头，黑着眉眼，呵斥着游人不要乱扔东西，扁阔的嘴巴不满地咕咕哝哝。

原来，瘦伙计离开了高禖庙。有人说是让外甥接回家养老去了。庙院，终归不是家。有人说是因为胖伙计收卦钱的事，瘦伙计跟胖伙计闹翻了，让胖伙计的侄子打发走了。胖伙计的侄子是高村的主任。

　　我想起来了——去年，跟朋友来闲玩，朋友要抽签，抽了签，却找不到胖伙计。不是庙会，瘦伙计说胖伙计去他侄子家了，他去喊。转身走时，瘦伙计又折回身子，叮嘱我们解卦不要钱，说是村里给我们发工资，他问你要，你别给。胖伙计来了解了卦，果然伸手要钱。我说不是不收费吗？不是村里给你发工资的吗？我看见胖伙计的胖脸倏地就黑红油亮了，诺诺着说不出话来，那眼睛却剜了瘦伙计一下——真是因为这个吗？

　　九月十八高禖庙会时，我又去了。庙里，胖伙计还是坐在正殿门侧的桌子后，忙着给人解卦，忙着将钱揣到怀里。庙院里，意外地看见了瘦伙计。他提着撮箕笤帚在游人中捡拾、清扫。只是，整整一个上午，我都没看见瘦伙计走进正殿。他在庙院里转悠，打扫卫生，或者静静地站着。

槐抱柳

你见过这样的树吗？

本是棵槐树，扭曲的躯干，黑铁般的外表，龟裂的表皮，半腰里却被谁挖走了般，凹陷成一个马槽般的大坑。偏偏就在那大坑里长出了一棵柳树，枝条越长越大，夹在槐树横横竖竖的枝条间。风沙把村里村外的树都击打地枯死了，却在槐抱柳跟前没了奈何。

槐抱柳活着，准确地说，槐抱柳也有一部分死了，死了的是槐树的一半，长在槐树怀里的柳树却活得好好的。

这棵树生长在五里柳，是五里柳唯一的一棵树，也是五里柳最老的树。谁也不知道这棵树多少岁了。就像不知道王长信老人多少岁。有人说老人一百岁了，有人说加上闰年闰月该一百多了。王长信老人听了，笑得嘎嘎的，指着村口的槐抱柳说，它肯定知道，你们问它吧。

可是，没人问这棵老树。

人们都很忙。

人们被风沙撵着，忙着搬家。人们说，五里柳不能住了，风沙要把人都给埋了。

王长信老人没走。老人说他不走，说，那些空荡荡的院子房子不让他走，五里柳不让他走。老人说，我走了，谁管这棵槐抱柳呢？

王长信老人每天从很远的地方担水，给自己喝，给槐抱柳喝。

都走了，就剩咱俩了。王长信老人给树浇着水，咯咯笑，五里柳就剩咱两个活物了。老人把这棵树当成人了。

王长信老人浇完树，又去挑水了。村里，地里，老人种了好多棵树苗。老人说，我就不信风沙能跑过咱。老人叨叨着，五里柳不能只有你和我啊。咱得把风沙撵走，得让房子是房子院子是院子，得让鸡飞狗跳鸟叫人闹。

一场风沙过后，五里柳又是死寂一片，树苗东倒西歪的，有的连影子也吹刮到很远的地方看不见了。村口的槐抱柳就担心，戚戚地把满身的结疤都瞪成了大大小小的眼睛寻找老人。槐抱柳担心风沙把老人也吹刮得歪倒了。沙梁上老人咯咯地笑，我的命硬着哩，不怕。

老人在沙梁上，挖了更深的树坑，把一棵棵倒了的树苗扶起来，压实，浇水。老人说，我就不信撵不走沙，不信这树活不了。

恣肆的阳光里，老人提着铁锹，担着水桶，晃晃悠悠，晃晃悠悠地在沙梁上忙碌。

槐抱柳安心了，安安静静地没有一丝声息。老人再给老树浇水时，老树就对老人说，您也是一棵树，会走的树。老人咯咯咯咯笑得开心，粗糙的手抚着老树，说，我是树，咱都是树，五里柳要有好多的树。槐抱柳满枝头的叶子就哗哗哗哗响了起来。

然而有一天，老人没有来。太阳在天上肆无忌惮地滚着，从东滚到西，老树都没看见老人，老树的每个枝条都耷拉的没了精神。

连着好几天，老树都没看见老人的身影，没有听见老人咯咯咯咯的笑声。五里柳是座空村。老人的笑声不管在村子的哪个角落，就是在十里外那条细如发丝的河边，老树都能听见老人呼哧呼哧粗重的喘息。老树开始担心起来。没有老人，五里柳就真的完了。老树忧愁地想着。

夕阳给五里柳罩了一件金线银丝般的外衣时，老树看见了老人。老人晃晃悠悠地担着水，说，不服老不行了，得叫他们都回来，回来栽树。老树看着老人，满树的枝条都担心地揪扭成了一团。

第二天，老人果然唤来了四五个人。老人和这几个人回到村里。老人摘下一把猩红晶亮的大枣给这几个人吃。那是老人栽种的沙枣树上结的大枣。

老人说，好吃吧？

老人说，不能白吃，你们得帮我栽树。吃一颗枣，栽一棵树。

那些人看着沙梁上的树，说，栽树栽树。我们都栽树。把五里柳的人都唤回来栽树。

老树看见老人脸上狡黠的笑，一层一层地堆积。老人悄悄地跟老树说，不急，他们会回来的。五里柳还是五里柳，你信吗？

果然，更多的人来到了五里柳。人们栽树累了，就坐在老树下，望着槐抱柳说，树老成精哩，有槐抱柳护佑着五里柳，五里柳就不会被黄沙埋了。

　　老树说，老人才是精哩，他是五里柳的精魂。

　　老人咯咯咯咯地笑着，靠着老树的槽坐了下去。

　　老树看见老人慢慢慢慢地坐在了它的怀里。

　　老树用它糙糙却温暖的"马槽"像抱柳树一样，抱住了老人。

零点，火车通过我家门口

火车在人们的喧闹中终于开了。

随便找了个座位，举起包往行李架上放时，行李架上一盒盒月饼马蜂般嗖嗖地蜇向我的眼，心就跟着酸了起来。有多少年没吃月饼了呢？不是没有，是我拒绝吃。

五年前的那个中秋节，当我看见妈妈将她做的月饼一块一块包好送给那个男人时，我一下憎恨月饼了。我最喜欢的一味点心，从小到大都盼着中秋节盼着吃月饼的快乐好像一下子被那个男人嚼碎了。我从厨房抓起菜刀，妈以为我要切西瓜切月饼，把一包月饼塞到我手上，说，你最爱吃的酥皮五仁的，放你屋里慢慢吃。我狠狠地镲了妈妈一眼，骂妈妈不要脸，把月饼唰地砸在妈妈脸上。妈妈捂着脸蹲下，有血和泪从妈妈指缝里流出。我的心痛了一下，刀在我手里咔吧咔吧急切得像兽般抖个不停。我提着刀，追向那个男人……

总算坐了下来，靠在椅背上，我闭上眼睛，耳朵却闭不上。

回家，就是想吃妈的饭。

还是家里好啊。

中秋节，妈妈会做啥饭呢？包子？饺子？妈妈是不是还要做好多的月饼？五仁的还是枣泥的？五年前的中秋节晚上，砍伤那个男人后，我才知道在外打工的爸爸已经跟妈妈离婚了，妈妈没有告诉我。妈妈说想等我结婚了再跟那个男人结婚。妈妈说，那人是好人，他没有少帮过咱娘俩。妈妈擦着红肿的眼睛，摇着头说都是我的错，为了你多少年了我都熬过来了，怎么也该等你再大些啊。我狠狠咬着下嘴唇，直到咸腥的血在嘴角滴出也没有说一句话。新月升到中天时，我离开了家。

我一直没有跟妈妈联系，也不知道这几年妈妈的中秋节怎么过的，是不是还是像以前一样，月亮上来时，把小木桌摆到当院，点上线香，供上月饼瓜果……

给你尝尝吧。

睁开眼，竟有泪水从脸上滑下。

邻座的女孩惊讶地问，怎么了你？不舒服了吗？

我苦笑一下，看着她手上的月饼，摇摇头，说声谢谢，抹了把脸，说，不喜欢吃甜食。

女孩轻轻一笑，好多人都不喜欢吃甜食。我爸倒喜欢吃，我妈也喜欢，尤其是这个酥皮五仁的月饼。

端着杯子，我逃也似的离开座位。站在车门后，默默地看着窗外。没有看见月亮，车外晦明朦胧。偶尔一星半点的黄亮，镶在无边的黑里，暖暖的一闪，就看不见了。八月十五云遮月，正月十五雪打灯。妈说这都是风调雨顺的好兆头。今晚，妈又要唠叨这句谚语了吗？她唠叨给谁呢？

我掏出手机，拨了号码，竟通了。家里的电话没有变。响了一下，我赶紧挂掉，心扑通扑通跳得慌乱。火车疙瘩瘩疙瘩瘩冲开夜的黑，呼啸前行。咬咬牙，我又拨通了家里的电话。电话只响了一下，妈妈的声音就传了过来。妈妈问哪个？好像是，妈妈就在电话机边。我没说话。妈妈又问，哪个？你是哪个？柱儿？是你吗，柱儿？

妈妈急切的声音在我耳边轰轰炸响，我的嘴冰冻了般张不开，眼泪却消融得溪水样哗哗流了满脸，擦了又流，擦了又流。

柱儿，是你吧？我想就是你，肯定是你，刚电话响了一下我想就是你打来的，我想今天中秋节了你肯定会打电话给我的，五年了，柱儿，五年的中秋节我都守在电话边等你的电话，我知道你肯定会打电话来的……你是妈妈的孩子……

我咬着嘴唇不说话，任泪水在脸上肆意。五年了，我还是不敢面对妈妈。我挂断电话，抹一把脸，一看表，快零点了，车厢里的旅客困顿，头顶的灯也黄倦倦地迷瞪了。我把脸使劲贴在玻璃上，睁大眼睛，在黑里搜寻。

零点时，这趟火车会经过我家门口。

远远的，我看见火车道旁一个院子雪亮——院门口亮着灯，院子亮着灯，屋子也亮着灯。火车越来越近。那片雪亮里站着一个人——

是妈妈！

妈妈站在门口，站在雪亮的灯下，呼啸而过的火车把妈妈的头发吹得飞了起来，把妈妈的衣服吹得飞了起来。妈妈盯着火车。妈妈扭着头，撵着火车，急切地看着火车……

我把脸使劲压在玻璃上，冰凉凉的泪水糊了半块玻璃。

火车呼啸而过。

车缓缓停了下来。是家乡小城的小站。没有多少人下车，也没有几个人上来。车上车下都是静静的。

一抬头，我看见了撵着火车跑的妈妈；一低头，我看见的还是撵着火车跑的妈妈。妈妈急切搜寻的眼睛在我的脸上扫来扫去，扫来扫去。我站起，坐下；坐下，又站起，咬咬牙，抹了把泪水，倏地从架子上扯下包，向车门跑去……

一只陌生的排球

张红是初三快毕业时转学来的。

张红来了后，袁雪亮就不再是女生的中心了。

袁雪亮学习成绩好，同学爱戴，老师宠爱，她的内心就骄傲得不得了，给同学讲题，或者收发作业本时，说着话，就不耐烦了，就皱着眉头，把手里的书当成了扇子，哗啦啦哗啦啦，扇着，还大呼小叫，懂了没？到底懂了没？笨死了。同学若还是不会做，她的嘴里就会咕哝出一大串动物名字，猪狗猫驴马牛。同学羞得脸红脖子粗，也没奈何，还得陪着笑脸。袁雪亮是班长，谁敢得罪她？由着她骂吧。

张红来了，班里的格局一下子就发生了错位，移动，重新组合。张红学习好，作业按时完成，袁雪亮拿不住人家，况且，张红带来了一个排球。

袁雪亮没见过排球，同学们都没见过排球。体育老师的宿舍床下有个篮球，上体育课也不拿出来让学生玩。张红刚把排球从网兜掏出，同学们就呼啦啦把她围了起来。

正是课间操时间。跟袁雪亮一起玩沙包的同学一个都没了。都跑到张红身边看排球去了。袁雪亮抓着手上的沙包，瞅了张红一眼，咬咬槽牙，扭脸走进了教室。

袁雪亮坐在教室里等着上课。

袁雪亮知道她的风采在课堂上，在难题上。课间操后是一节几何课。袁雪亮那节课的反应让老师惊讶，是欢喜，按捺不住地，夸奖她，用尽了好听的辞藻，翻来覆去的，几乎是，唠叨得过分了，反复地叫同学们向袁雪亮学习。

可是，一下课，袁雪亮就蔫了。她的磁场不能把同学们吸引到她的身边，她又不愿向张红和她的排球走去。她坐在课桌前，翻看一本书，眼睛盯着书，耳朵却一下不漏地捕捉着教室外的动静。教室是土坯房，同学们在土院子的打闹玩笑，很清晰地，就传了过来。袁雪亮就有点恨那些同学，当然，还有张红。他们，她一个也不想理会了，谁要问她作业，休想。袁雪亮抛过去的是长了刺的狠话，蒺藜核般，石子蛋般，砰砰砰，砸得同学们也气恨，也气馁，是有些无奈了。作业做不完哪行？末了，还是涎着脸去讨好袁雪亮。袁雪亮等同学把好话说尽了，她才从她的孤独的深处走出来。怎么说呢？也委屈，也郁闷。给同学讲着题，也没了前些日子的骄傲和开心。她知道，讲完题，他们，就会去找张红了。

袁雪亮想张红来问问题就好了。可是，一直的，她等得山高水长，云散水流，都没有等到张红。原来是，张红根本无所谓作业的完成，也不在乎成绩的好赖。张红说，中考完，就上体校。袁雪亮听到这一消息，就更气闷了。没来由的，头上像是被罩了个罩子，压抑，难过，竟然，失眠了。

老师看到袁雪亮的状态，萎靡，恍惚，有时又莫名的兴奋，就着急得不行。中考就要到了，袁雪亮是老师手里的一个宝啊。老师找袁雪亮谈话，问来问去，袁雪亮低着头，不说话，脚尖在地上刺刺地划出一道道白的印子。院子里张红跟同学们的玩闹声挤了进来，是太热闹了。袁雪亮听着，突然想哭，她真的就哭了。眼里掏出一面井一样，泪水咕嘟咕嘟往外冒。

有一天，张红的排球穿过洞开的窗户打在了袁雪亮的课桌上。张红热气腾腾地跑进来，连声地说着对不起。袁雪亮手里抓着排球，竟不知该怎么办？张红也不要球，拽着袁雪亮，说，玩去吧，老做老做，有啥意思？袁雪亮心里咯噔一下，随即，就是一片空白，她不知道怎么应付张红了。就一闪，躲开了。抬眼看见张红白的牙，白的脸，眼睛也大，黑亮黑亮的，漾着水般好看。

张红说，别做了，玩去吧。

张红说得诚恳，好像是，恳求了。袁雪亮觉得胸口有些东西在轰然坍塌。她心里还在骄傲地拒绝着，脚却跟着张红到了院子。原来，她是一直等着张红来叫她。袁雪亮抓着排球，心里揣了只小兽般，忽突忽突地欢喜了。

打完球回到教室，袁雪亮从本夹里抽出一张粉色的信纸，带香味的那种，给张红。这种带香味带颜色的信纸，是从镇上的商店买来的。镇上南街的拐角处，有一个小商店，店里全是学生用的东西。星期天，做完了作业，袁雪亮会跟着同学去那里。很多时候，也是看看。看看，也高兴。一个带卡通图案的小本，一个变幻图案的塑料尺子，她们就大呼小叫地惊讶，推推搡搡地挤着看。

张红接过袁雪亮的信纸，给了袁雪亮半块带香味的橡皮。袁雪亮知道，这种橡皮叫糖果橡皮。袁雪亮看见张红的文具盒里还有半块，她的心莫名地欢腾了起来。她喜欢这小小的半块。要是张红给她一块，她肯定不会要。

张红看着袁雪亮，突然说，雪亮你真好看，跟电影明星一样。张红说着就把一面小镜子给袁雪亮看。小镜子的背面是八十年代一个电影明星的大头照，笑吟吟地望着她。袁雪亮知道自己没有人家明星那么好看，可她听张红这么说她，她心里就欢喜得不得了。她跑到太阳下，找着阳光，用手里的小镜子把阳光反射到张红的脸上身上。

袁雪亮看见张红的脸上身上开了一朵又一朵明亮亮的花。

袁雪亮咯咯咯笑得好开心。

袁雪亮觉得自己好久都没有这么开心地笑过了。

光

静怡等外面静下来后才出去的。

夏天的黄昏总是姗姗来迟，小区的夜晚也在十点以后才渐渐安静了。静怡家楼前有一大片草坪，草坪里有细细窄窄曲曲折折的石子小路，有合欢树，有月季花。静怡喜欢这个草坪，喜欢合欢花的浓郁，也喜欢散落在草坪上的一簇一簇的月季花，还有这里的安静。以前自习回来，爸爸就在这儿等着静怡……

眼下，静怡什么都不喜欢了。包括合欢树月季花，包括这黑里的静。这静是死静，静怡想，是死寂。是死树。是死花。是死气……泪水顺着脸颊淌了下来——爸爸病逝后，静怡能给阿姨——静怡的后妈的只有一个好成绩。可是，现在，静怡输在了最后的也是最高的赛场上。阿姨说，复读？阿姨说，上技校？阿姨说，你别担心学费，你上到哪儿我就供到哪儿。阿姨说这些时，小心翼翼，慢慢的，说一个字，看静怡一眼。悄悄地看。静怡知道阿姨在看静怡。静怡不看阿姨。静怡受不了阿姨的这份小心。静怡想要是爸爸在就好了。

黑的夜里，静怡默默地走着，心里涌荡的只有失望和悲凉。今天，阿姨劝静怡去草坪走走，说以前你和你爸最爱在草坪上疯玩了。阿姨又找了一份工作，吃了饭就匆匆走了。要是静怡的成绩好，考上好大学，阿姨就不用这样的辛苦了。静怡想。抬手抹泪时，手指上落下一片光。静怡没有理会，在黑的小路上慢慢走着。可是，那片薄的光分明地跟上了静怡，又在静怡眼前的草地上，照出了一小片绿的草。静怡向前走一步，光也跟着向前蹦一下。静怡慢了步子，光小精怪一样就躺在草上一动不动了。有一下，光蹦得慢了，让静怡一脚踩住。静怡没有像小时候用脚狠狠地踩，静怡小心地蹲下，捞起那片光，捧在眼前。以前，爸爸和静怡经常玩这个游戏。

静怡的泪水淌了满脸。那片小小的光在静怡眼前蹦跳着，静怡也不再理会。静怡害怕想起从前。因为从前有爸爸。静怡匆匆地跑回家，没一会儿，阿姨回来了。静怡胡乱抓了本书，把脸埋在了书里。

第二天晚上，静怡还是等楼外安静了，才出来。

静怡刚一踏上草坪的小路，就看见了一片圆圆的光，静静地躺在草上，好像专门等静怡。静怡一走，光就跟着静怡蹦跳。静怡站住不动了，光就蹦到了静怡的脚上、身上，静怡一抓，光长了眼睛般倏地蹦到草地上去了。

谁呢？

静怡抬头寻找光从哪儿照来时，光却不见了。草坪边是一幢六层高的楼房，暗的亮的窗户好多，静怡不知道这片光从哪个窗户上照过来的。但静怡知道这是一个强光手电照射的。以前，爸爸和静怡玩这个游戏时，专门买来一个这样的手电筒。

静怡和光在草坪"玩"了好长时间，有时静怡望着斗闹静怡的光竟然有点恍惚，静怡觉得"光"就是爸爸，或者，爸爸就在那光里？静怡要回家了，那光在楼门口亮的光里只能看见一团模糊的影子了，还是紧紧地跟着静怡。静怡看着那团淡淡的光，心里就有了一丝的暖。光似乎也看出了静怡的心思，轻轻地晃了晃，好像在跟静怡说再见。

静怡回到家一会儿，阿姨也回来了。

静怡问阿姨又找了个什么工作？高考分数知道后，这是她第一次跟阿姨说话。

阿姨呵呵笑，说是好工作。阿姨叫静怡别担心，说喜欢现在的工作。

静怡想跟阿姨说那片光，嚅嚅嘴唇，没有说。静怡突然觉得这是静怡和爸爸的秘密。

有一天晚上，静怡在草坪上正跟光嬉闹时，下起了雨。夏天的雨，一下就下得老大。静怡站在草坪中心的小亭子下，想那片光会不会被雨阻挡了呢？光倏地却站到了静怡的眼前。亮亮的一小片。暖暖的一小片。静怡蹲下来，伸出手，把光舀到手心，久久地凝视。静怡把那片光抱在怀里，就像小时候爸爸抱静怡一样，呜呜地哭了。

雨停了，静怡也该回家了。光蹦跳着跟着静怡一直到楼门口。静怡觉得是光把静怡送回了家。这样想时，静怡觉得爸爸真的就在身边，陪着静怡，给静怡快乐和温暖，静怡默默地看了那片光好一会儿。

阿姨回来了。可阿姨像是刚从水里爬上来般全身湿透。

静怡给阿姨拿衣服拿毛巾，给阿姨倒热水，问在哪上班怎么都湿透了呢？

阿姨呵呵笑着，说没事没事。扔下手里的包，去换衣服了。

静怡提起阿姨的包擦拭上面的雨水时，静怡一下子就瞪大了眼睛——

包里有个强光手电。

旋即，静怡眼泪雨水般纷纷扬扬。

马灯下

　　马号里挂了两盏马灯。外墙上一盏，五保叔的小屋里一盏。外墙上的马灯下是一溜排石槽，五保叔跌着脚一簸箕一簸箕地给槽里抖黑豆。石槽里是驴马骡子的头，在黑的槽里，吃黑豆。嘎嘣嘎嘣，牲口嚼豆子的声音塞满了马号的黑里。那黑里就有了香的涩的圆的光的东西飘浮。

　　嘎嘣嘎嘣的声响也填满了五保叔的小屋。

　　有人炒了半锅的黑豆。

　　丑娃嫌炒少了，说牲口都不够吃。到锅里抓豆子时却不少抓，一把一把往嘴里塞，叫人都不要说话了，开会，说今个的会不要笑，传达公社党委和公社革委会的指示。丑娃喊五保叔进来，说这回得把羊凹岭的阶级敌人好好清理一下。

　　丑娃说，说说，都说说，阶级敌人。

　　昏黄的马灯下，羊凹岭老老少少的男人嘴上都叼着烟。小的屋里黑的墙也看不分明了，只有灰白的烟雾在灯光里绕来绕去，只有吧唧吧唧的吸烟声、吭吭的咳嗽声吐痰声没遮没拦地响亮。

　　没人说话。

　　羊凹岭就二十多户人，谁家什么样谁是什么人不都在大家心里装着吗？哪里有阶级敌人呢？

　　丑娃说，说说，都说说。

　　四下里一时没了一丝一毫的响动，一切都深深地凝在淡黄的马灯光里了，深深地凝固中没有人看见丑娃脸上苦焦的急慌，没有人听见他心里的翻搅。揪不出阶级敌人，他这个主任就要撤了。

　　可是，揪谁呢？

　　屋外牲口嚼豆子的声音纷纷扬扬，嘎嘣嘎嘣。

小仙。小仙的事都说说。

突然地，丑娃的声音推开了烟雾，遮盖了嘎嘣嘎嘣嚼豆子的声音。

五保叔抬起脸，看丑娃，看满屋的人。人们的眼睛被谁牵着般，都抬了起来。马灯下，那些眼光撞得咔嚓咔嚓响。

小仙老母在世时，开过窑子。哪个逛窑子？还不是地主老财有钱人？小仙寡了这么多年，也不说再嫁，我看她就是想走她母亲的路。丑娃的话里满含着狠和恨，两股气绳般拧成一根粗大的钢筋铁丝，在马灯下啪啪地摔。

五保叔把烟吸得烟筒般呼呼，苦焦的脸上就凝下了一层硬的黑，怅怅惘惘地叹息，老母是老母的事，咋能扯到小仙身上呢？炕上炕下的人都说是啊。

咋不能？她不是，你们说哪个是？好歹得有个人头顶上去啊。丑娃气哼哼地催。

没人说话了。

不早了，把这事定下来，早早睡觉，明个还要修渠哩。丑娃不耐烦地叫大家举手，同意的就举个手。

昏黄的马灯下，那些手拽了石头般举得艰难。

丑娃说，好了，散会。记着明个一早到村口集合，带上一顿饭，晌午就不来回跑了。

一时半刻的，人就散净了。

头上的马灯倦乏乏地还亮着。五保叔披了老棉袄出去时，忘了吹马灯了。

五保叔跌着脚撵着丑娃，叫丑娃给公社报他，说我一个人，没牵没挂的。

丑娃刚进了柴门，看着黑里的五保叔，说你有啥事能算上？别要了，人家上头要的是阶级敌人，不要五保户。你要有问题，羊凹岭也不五保你。再说了，她的事明摆着，我今个不说她，明个也会有人把她揪出来。

五保叔说，队里前个死的那头牛，不是牛自个儿掉到崖下的，是我推的。我有罪，破坏人民财产。

丑娃不让五保叔说，说牛的事大伙都有眼窝哩，你想包庇她，光这一条，就够捆你一绳批斗了。

五保叔连声地说是，说就报我吧，小仙在咱羊凹岭可没祸害谁，哪家老人的寿衣姑娘的嫁衣不是小仙做呢？小仙是个好人。再搞阶级斗争，羊凹岭也不能亏好人啊。

丑娃不说话，一豆红的烟火亮了暗了。半天，才说，你去了那满圈的牲口咋办？

五保叔说牲口还有人重要？说完，转脸走了。

小仙竟在马号里。

小仙从怀里掏出一双布鞋，放到五保叔的炕上，说，你瞎掺和个啥？我反正就一人，他们爱咋斗咋斗。

五保叔抚着黑面白底儿的布鞋说，游街上台的你一个女人家哪能受得了？再说你咋是一人呢？你还有丑娃哩，你得好好活着等到丑娃娶了媳妇生了娃娃。

小仙抹一把泪，不能让丑娃知道，知道了娃没法活人了。

五保叔说，不说，打死都不说。当年我把丑娃放二猪门口时没人看见。

一辈子了，就是苦了你。小仙说。

丑娃他爸还没有个消息？

多少年了，怕是死在山上了。

五保叔说也说不定。一会儿又催小仙回去，说不要让人瞅见嚼闲话。

小仙走后，五保叔刚坐到小屋，就看见马灯下晃了个黑影子，是丑娃。一根烟吸得一口赶着一口，好半天，才开口说话，叫五保叔不要去公社了，他去跟上头说，你走了哪个能能喂了这牲口？

马灯下，五保叔听见牲口嚼豆子的声音嘹亮地响了起来。

袁　大

　　袁大是我们学校的门卫。我们学校的工人师傅一律都称呼"某大"。姓李，就是李大；姓王，就是王大。打扫卫生的烧锅炉做饭的，都是依着他（她）的姓，唤作某大，也就是"师傅"的意思。说起来大家都觉得这个称呼怪怪的，可人家都这么叫，也不知叫了多少年了。

　　袁大一见我就说，袁老师，一笔写不出两个"袁"来。有啥事，你吭气。我还没点头，他又说，门房这活儿真不好干哩，挣学校这俩钱不容易。

　　他也不等我说话，转脸就撇着左腿忙去了。袁大瘸了的左腿是小儿麻痹后遗症。

　　袁大以前当过教师，是民办教师，一直没有转正。有一年上头有了清退民办教师的政策，袁大就回去了。可他拉着条左腿，什么活儿也干不了，又找到学校。学校照顾他，让他到到学校门房了。刚到学校门房时，教师们还"袁老师""袁老师"地叫他，后来也都唤开了"袁大"。

　　袁大也不见怪，谁有事叫他去帮忙，他就瘸着左腿去了。上课，自习，帮忙出板报，他都是一叫就到。袁大写得一手漂亮的粉笔字。上头来人检查，或者过年过节，或者学校要出通知，都要叫袁大来写字。空心字实心字，楷书草书，大字小字，袁大都拿手，写得有板有眼。写完，又在空处、角角画上两朵小花几株青草，那幅板报就很丰沛，很分明，像校园里的阳光一样灿烂，像阳光下的孩子们一样多姿多彩。老师们看着袁大的板报，都这样说。连美术老师也这样说。美术老师年轻，写的字跟一堆抽了线的烂抹布一样没有筋骨。

　　袁大听人夸他的字好画好，就嘿嘿笑，说，当老师得有这两把刷子。说完，就站近了看一会儿，离远了看一会儿，摇摇头，撇着嘴说还得练，这字，活到老练到老，学无止境。

说得一旁围着看的老师都呵呵笑着点头，说他不愧是当过老师，老教师，写的字就是不一样。人们这时才想起门卫袁大以前也是这个学校的教师。

袁大出板报，也不耽误分内的工作。按时开门关门，是不用说的。还有校园的树木草坪也是袁大修剪，柳树、白杨、松树，都让袁大管理得繁茂，不见半点芜杂，还有大小花池，月季、蜀葵、竹节梅，都长得红是红绿是绿，水润，清明。人们夸袁大手巧心细，把花花草草也摆弄得精彩纷呈，见个艺术味了。袁大嘿嘿笑，不说话，一双糙手在腿上搓得噌噌响。

有一天，门房里来了个女人，一看，是在校门口开个小卖部的刘立媳妇。刘立前年车祸死了，小卖部进货卖货都是媳妇一人打点。刘立媳妇脸红红的，手上抓个布袋子，扭脸走了。袁大呵呵笑，说，远亲。后来，刘立媳妇经常来门房。来时，不是端着一碗包子饺子，就是拿着一件衣服，是袁大的衣服，说是拿去缝补的。有时，正是放学时间，学生一队一队簇拥着往外走，她端着一碗饭，哦哦嚷着，眼睛盯着碗，躲着人，往里挤。有时，学生放学了，校园空寂，安静。袁大在草坪上花池里忙，刘立媳妇就站在旁边看。有人问她小卖部有人招呼？她说儿子大了，能看了。谁也没想到没有几天，刘立爸跑到学校把袁大打了。打得轻还是重，没人看见。正好是放学时间。学校的大门关得严实。附近的人听到动静时，刘立爸已经气呆呆地出来了，铁黑着脸，一会儿，就听见小卖部里刘立媳妇嘤嘤的哭声。

没人问袁大怎么回事？只是后来，刘立媳妇再也没来学校。刘立的小卖部也转让给他人了，刘立媳妇搬到村子的西南角了。

那个暑假后。我们学校跟镇上的小学合并了。袁大对小学合并满腹牢骚，说，七八岁的娃娃跑那么远上学，不现实嘛。袁大就撇着腿找校长，校长无奈地说是上边的意思。袁大又撇着腿找县上的教育局，得到的答复跟校长一样——上边的意思。一时半刻的，教室空了，学校也空了，校园里就剩下袁大了。袁大家的两间破房子不能住人，村里一时也没想好用学校干啥，就让袁大先住着。

有一天，路过学校，想起袁大，我就进去说看看他。

袁大看见我，高兴得跌着脚要给我摘黄瓜摘西红柿。

袁大在大小花池子里都种了菜。菜跟以前的花儿一样长得好，菠菜小葱辣椒南瓜……红黄青绿，郁郁葱葱。柳树杨树松树也跟以往一样，修剪得齐整，不见半点芜杂。还有教室门前的黑板，一块一块都是新写的粉笔字，横竖撇捺都能见着袁大腕下的功力。洁净的校园一点不像废弃不用了，好像一会儿就有学生来，好像一会儿铃声就会响起学生的读书声欢笑声就会响起……

就在我咔嚓咔嚓吃黄瓜时，刘立媳妇挺着个大肚子进来了，忙着挽袖子和面，叫我吃了饭再走。

我指指刘立媳妇，悄悄问袁大，结了？

袁大嘿嘿笑，不说话，一双糙手在腿上搓得噌噌响。

父　亲

　　在父亲眼里心里，男娃才算娃，两个女娃不算。女娃咋能算娃？一个女子娃，白养二十年。唢呐一吹打，空留娘家妈。小子不一样。要吃的是饺子，要亲的是小子。小子娃，顶门立户，传宗接代。老要小子养，死要小子埋，到了还要小子顶那孝子盆。人活一世活啥味？还不是活这小子娃。

　　说起小子，父亲的眉眉眼眼都是喜，头发丝丝都是喜，说的一套一套的。父亲的大女儿二女儿上完初中，就停学了。父亲一个受苦汉，忙完了地里庄稼，抽空赶集摆地摊，卖调料。父亲的花椒大料茴香八角，有成品，也有一包一包磨成粉面的。父亲自己磨，不像人家在辣椒面里加柿子叶，在花椒里加大麻叶。父亲看不起那样的人。父亲的生意小，利薄，一年到头也挣不下几个钱。父亲供不起三个学生娃。父亲不看俩女儿的眼哭得跟烂桃一样，嘴撅得能拴头牛。父亲叹口气，说，我没法呀。但凡能供起你们，我一个都不舍得让停呀。父亲却悄悄地对小子说，好铁要好火，好火烊好钢。好钢要使在刀刃上。你别愁，我就是砸锅卖铁，也要供你。你就是上到美国，我也会供你。

　　小子不说话，低着头。

　　看着清水寡脸的小子，父亲的心疼了那么一下，只一下，就硬了起来，小子娃嘛，不磕打磕打，受点苦，哪能长成人。苦尽了，甜头就会来。父亲想起了前巷栓子的娃，那娃去年考上了清华，县长镇长腿软和和地往人家家里跑得那个勤呀，还送钱送匾，荣光呢。父亲的声调跟着硬了起来，你小子听好了，咬住牙，下死力学，咱考不上人家那清华，考个别的大学也好啊。

　　父亲载着小山样的调料包，天天赶集。南村北街，东沟西庄，不落下一个集会。破旧的自行车走一路，响一路。父亲吭哧吭哧地骑一路，喘一路。

日子也跟赶集一般，赶到了小子的高考。

高考那几天，也正好赶上了收麦。眼看着地里的麦子从地头黄到了地尾，父亲给母亲和女儿撂下一句话，收麦，就靠你们母女仨了。我一手难遮四面天，我要看我娃这料麦收成咋说哩。父亲骑上车子，带着小山样的调料包，进城了。

六月的太阳，已经有了毒劲。父亲捏着肉夹饼找到小子时，可身可脸的汗水，像是刚从水里爬上来。看着小子，父亲口干舌燥地只说了一句话，咬住牙，好好考。父亲把饼子递给小子。小子不接，说想吃根冰棍。父亲掏出一把零钱，想想不对，又装进口袋，从怀里掏出一沓五块十块的整票子。父亲手上粘点唾沫，拧出两张五块，抽出，递给小子。迟疑了一下，又拧出两张五块，抽出，递给小子。然后，小心地把钱塞到怀里，按了按衣服，看看周围，对小子说，别怕花钱，这两天考试哩，吃好点。说着话，又掏出那把零钱，一张张旧的一毛两毛如一片片枯败的叶子，皱巴在父亲的手掌上。父亲从里面挑出四张五毛，塞进小子的口袋。

小子说，你回去，你来，半点事不顶，还给我增加压力哩。父亲吭吭地笑，笑声干得跟地上的浮土一样，揉捏不到一起。父亲是欢喜小子都会说"增加压力"这样城里的话了。父亲说，你尽管咬住牙，好好考你的。我还要赶集卖二两花椒哩。我这是放羊拾柴，两不误。

小子考了两天，父亲驮着调料包往城里赶了两天，可是没有卖出一两花椒。不是没人买，是父亲根本就不把调料包从车子上卸下，父亲不想卖。小子高考，父亲心慌得没有心思做买卖。

分数下来了，巷里有两个娃考上了大学。大队敲锣打鼓地送喜报送奖学金。父亲不出门，集也不赶了。父亲不说话，跟谁都不说话，脸黑得能铲下一锨炭。终于，父亲开口了。父亲一开口，满屋稠浓的阴云一下就被挤到了墙角角。父亲把小子叫到眼眉前，说，复习。再考。咬住牙，下苦学。皇天不负有心人。大学门就是铁打的钢铸的，咱也要给它咬出个洞洞来。

小子不抬头，不看父亲，支支吾吾，不想再考了，太难了，还不如跟你卖调料哩。

"啪——"，父亲把桌子拍得雷响，你说啥？老子供你念这些书，就是为了让你跟我卖调料啊？你就是卖上一辈子调料，卖得发了财，也不见个出息，也没啥个意思。人活一辈子，不就是活个意思活个出息吗？

小子最终还是让父亲给赶到了学校复读去了。父亲又跟以前一样，驮着小山样的调料包，南村北街，东沟西庄的，赶集。父亲还是那句话，咱再苦再累也不怕，就怕娃娃没个出息。娃娃有出息了，咱脸上也光彩。人活一世，还不是盼着娃有个出息啊。

车让城或是城让车

想起光子，总能想起那堆沙土，毫不费力地，那堆沙土就堆在了我的眼前，还有沙土上玩耍的孩子，我，光子，芳芳和国刚。

光子说，我们建一座城堡吧。

光子是我们四个的王，他说什么就是什么。我们都听他的。因为他能偷来玉米甜秆，摘下蛋柿子，刨到花生。我们都不敢去。秋庄稼有人看护。而且，他撅得玉米秆比甘蔗还甜，上树摘蛋柿子，跟个猴子一样，看庄稼的人还没发现他，他已把柿子摘下了，装在胸前的书包里，给我们吃。

光子说，我们建一座大大的城，城里有楼房，好多好多的楼。

一会儿，沙堆上就立起了一座一座的楼房，很是壮观。我们拍着手上的黑沙，乐得嘎嘎的。

一辆车过来了，小汽车。嘟嘟叫得驴欢，叫我们让开，要从沙堆上过去。沙堆在路中。我们跳着脚，跑开了。光子没有躲，还在建"楼房"，很勤恳很敬业的样子。

嘟嘟嘟嘟，小汽车急吼。

光子还是蹲在沙土上。

小汽车上的人出来了，指着光子骂，要光子滚开让车过。

光子没滚开，指着他的"城"，气哼哼的，这是我的城，是车让城，还是城让车？

小车上的人愣了，随即就嘎嘎笑，嘣地拍了下光子的光脑勺，这小家伙，还有理哩。车吞吞吐吐地绕着光子的"城"，呜地跑了。

光子初中没毕业，就跟他舅舅的建筑队去干活了。再听说光子的名字时，他已经是一家建筑队的"总"。没人"光子""光子"地唤他了，见他的人都"张总""张总"地唤。光子姓张。国刚和芳芳跟我说起光子时，也张总长张总短的，叫得媚欢。

对了，忘记说明，国刚和芳芳成一家了，他们找我，是他们的孩子要上幼儿园。芳芳把我从教室扯出来，说，你跟园长说说。你这幼儿园是县上最好的啊袁老师。

我说芳芳，你别叫我袁老师，你一叫我袁老师，我就起一身鸡皮疙瘩。

芳芳呵呵笑，好好好，还是咱们亲，从小玩大，"青梅竹马"。

芳芳跟我亲不顶用，园长不跟我亲，理由很充足地拒绝了我的请求。我实话告诉芳芳。没想到，第二天芳芳却带着孩子来报到了，手里捏着园长的条子。

我的脸打了鸡血般，连眼珠子都是血红。

芳芳说，亏了咱的张总。

晚上，芳芳和国刚请张总吃饭，把我也拽了去，说都在一个城里，也好多年不见面了，光子也不是昔日的光子了。

我见到光子时，光子正在大厅跟一个漂亮女孩说笑，他的胖手在女孩的肩上拍一下，再拍一下，很有"王"的气派。光子看到我的时候，眼睛瞪了一下，就张开了臂，好像在等我扑过去。我没动，他扑了过来。我呵呵笑着闪开了。他甩着手，哈哈大笑，不愧是老师，反应敏捷。又对着我的耳朵，窃窃地，别忘了你还当过我媳妇哩。现在咋样？给你一套房子，县里最好的小区。我甩开他，说，你要是光子，还可以考虑的。说完，我就哈哈大笑，笑得有些得意。

据说，县里的高层底层楼房，不是光子建筑公司建的，就是从光子手中转包出去的。光子现在建一栋楼房，比小时候在一堆沙土上堆一栋楼还省力。

芳芳说，你看人家光子，多有出息，手里不知有多少钱呢。

芳芳说，你若跟了光子，还可怜巴巴的租啥房子住啊。光子在县里有三四套房，省城还有一套呢。

我呵呵笑，人家现在是张总，可不是什么光子了。

再听说光子的事情时，光子已经被关进"四堵墙"里了。

原来，是光子建筑队开发城北一片空地时，遭到了城北村民的阻拦。

光子亮了他的这手续那手续，又答应楼房建好后，城北村民优先选房。楼房风吹着般呼呼地建好了。可是，人刚搬进去，就出问题了。白亮、光溜的墙上轻轻一掰，就能掰下一块一块的水泥沙子来，敲一敲，也能掉下一大堆的水泥沙子。墙上的裂缝也似乎在一夜之间长出来的，深深浅浅、宽宽窄窄梦魇般展现在人们的眼前。住户不乐意了，找光子的售楼处找光子，终于在"天上人间"堵住了光子。

光子说，杀一儆百，要不他们不知道我光子是从啥山上下来的。

那些人把一个住户给打死了。

隔着厚厚的玻璃，我见到了光子。

光子说，谢谢你来看我，出了事还没一个人来看过我。

我问光子到底应该是车让城还是城让车？

光子迷茫地瞪着我，不知我说的啥意思？

我无奈地一笑，没说话，摇摇头。

光子说，到底是车让城还是城让车？你问的是这句话是吧？我会好好想的。

光子说完后就起来走了。

看着光子的身影消失在玻璃后，我又想起那个在沙堆上建城的光子了。

 # 过　年

　　刚过了腊月二十五，海海就夹着一卷红纸来了。写过年的对子。前巷后街的对子都是爸爸写的。

　　海海把红纸放在柜子上，一双糙手搓得哗哗响，呵呵笑，不急，赶上三十贴就行。

　　说是不急，可他一天八百遍地往我家跑。看炕桌上还没有放下笔墨，就跟爸叨咕集上的肉贵了贱了，炭贵了贱了，说着话，就翻腾桌上的红纸。桌上都是邻居送来的红纸，一卷一卷的。他呵呵笑着，把他的红纸找出来，放在上面。红纸上没有记号，他不识字，可他认得他拴的绳。别人都是店里扎好的纸绳子，一模一样。他的红纸用的是一截麦秆捆扎的，一认，就认出来了。

　　他觉得他的红纸好。都是一个集上买的。

　　看爸铺开了笔墨，他就站在炕头，跟爸叨叨着一冬天三轮车可没少跑，说，今年活项好，挣了点，能富富裕裕过个年。

　　爸问他媳妇的病好些了？

　　他呵呵笑，好多了。

　　爸说，不容易，海海，日子都不容易。你要待媳妇好，可别像从前，动不动就牛眼瞪得。

　　爸研墨，叫我和海海裁纸。他不等我取来纸，已把自己的红纸解了麦秆绳，咕噜噜铺在了炕上。他还是想先写他的。

　　海海蹲在炕头，两个食指小心地摁着对子的两个角，咧着嘴，不眨眼地看爸爸写。

　　抬头见喜。满园春色。五谷丰登……

　　都是些小条子。要写大门口贴的大对子了，爸爸念一个：欢天喜地

度佳节，张灯结彩迎新春。

海海呵呵笑笑，这个不太亮，还有吗？

不太亮？我咻地笑了，心说，你懂啥？

爸又念了一个：多劳多得人人乐，丰产丰收岁岁甜。

好，叔，这个好。海海呵呵地，这个我一听就觉得心里敞亮。

爸刷刷地给他写了。

海海说，叔，别忘了给三轮车上写个对子，我的日子靠它哩。

爸给他的三轮车上写了：日行千里，安全第一。

除夕一早，我正在扫院子，海海来了。一来，就扯着我去他家贴对子。

海海不识字，年年过年都要叫我帮他贴对子。刚走到他家门口，我就看见门边上贴了一副小条子：小心灯火。我指着小条子嘎嘎笑，这不都贴上了吗？小心灯火。

他一听，呵呵地笑，怕错了，还真错了啊。搓着手就要揭，糨子刷的太多了，粘死了，揭不下。他剁一下脚，呵呵地，不揭了不揭了，就贴这吧。

他真的是急着过年，小条子一个一个都贴好了，不过都给贴错了。"身体健康"本要贴在炕墙上，他贴到了水缸上；"米面满仓"要贴在面瓮或者麦仓上的，他却贴在了炕墙上……

我没指出他贴的不对，糨子都刷的多，粘的牢牢的，揭不下了，只说他的黑屋子贴上红对子，都亮堂了。

他哗哗搓着手，呵呵地，过年了嘛，就要亮堂。屋里一亮堂，心就亮堂了。

他真会说话。

初一早上，巷里还静静的，谁家的鞭炮声响了。先是两响，咚——嘎，接着是鞭，噼噼啪啪响了好一会儿。爸爸说，这炮，是五百响的，是海海家的。

我家放的是二百响。邻居放的都是二百响。

海海家的炮响完了，邻居迎新的炮也响了。陆陆续续，远远近近的炮都响了。

爸爸说，过日子就要像海海这样，有心劲。

初一，人们见了面，说了祝福的话，就开玩笑说海海家的对子，"抬头见喜"贴在门底，"满园春光"贴在炕墙……

海海听着，一双糙手搓得哗哗的，也跟着呵呵地笑，过年的对子贴哪都好。

冬 至

冬至了。冬至要吃饺子。

一大早，老太太就开始剁肉馅。案板抵着炕窗墙下，咣咣咣，剁了一碗猪肉馅，一碗牛肉馅。老太太说，不要机器绞，娃媳妇不爱吃，说是一股生铁味。想起老头子爱吃羊肉胡萝卜饺子，就问，忘了买羊肉了？

不等老头子说话，老太太又说，你心里就装着娃跟孙子，娃媳妇爱吃牛肉馅饺子，你都没忘。

老头子给炉子里添一根硬柴，头也不抬，呵呵笑，好像你不是？一早的剁肉馅，胳膊疼也忘了。

老太太和好馅，一碗一碗的，都是儿子一家爱吃的。

炉里的火嘭嘭的，耀得老头子的脸紫红闪亮，瞅一眼老太太，说，你还说我？瞅你摆的那一样一样，不都是给娃一家子的？说着话，把鏊子上的花生搅得哗哗响。

老太太包好一箅子萝卜馅的，就给老头子叨叨，这是娃爱吃的。包好一箅子三鲜馅饺子，又对老头子叨叨，这是孙子爱吃的。你看好，别一会儿煮混了，搅到一起不知哪个是哪个了。

记住了，记住了。老头子翻烤着鏊上的花生，亮亮最爱吃这烤的花生红薯了，呵呵，那小子。

饺子包好了，三个箅子上，三种馅的饺子，一个模样，元宝形。冬至的饺子，羊凹岭人唤作"岁饺子"，冬天到了，又是一年了，要长一岁了，元宝形的饺子除了祝福还是祝福。

眼看着晌午了，没有一个人回来。

老头子炕好的花生堆在炉台上，炉灰里的红薯也煨熟了，掏出，打打灰，轻轻一拨拉，外面黑的皮就啪啪掉了，露出焦黄的瓤。想着小孙子吃得直噎脖子，老头子不由笑了。

炉子上的锅也开了，咕嘟咕嘟，就等着儿子一家回来煮饺子。

要不，到小卖部给他们打个电话？老太太望望门口，小心的。

打嘛，你去打嘛。咋不能打？你想打就打，你娃，又不是外人。老头子把手凑在炉口上烤，不耐烦的。

老太太看看老头子，不知老头子为啥突然不高兴了，撩起门帘看看院子。院子青白冷寂，只有风掀着几片枯叶，刷拉拉，刷拉拉，乱滚。

老头子又说，冬至是祭天祭祖的日子，古社会，皇帝都要出了宫去祭祖祭天哩。你想打就打，城里离屋里没几步远，他们想回来，也不费事。老头子搓搓手，黑着脸，叨叨，有几个月没回来咧？时候不短了吧？

还是八月十五绕了一圈，没吃饭，点了个卯就跑得没影影了，说是要去谁家谁家送月饼哩。老太太坐在炕头，看炉里的火把老头子的脸耀的红亮，黑深的皱纹一道一道，刻下般，也不由得摸了摸自己的脸，心说，都老了。

老头子不去打电话。老太太也不去。他们都说再等等。

可他们都在想着电话，心里不知把电话拨了多少遍了。院里狗哼一下，他们竖起耳朵听，猫叫一声，他们又撩起门帘看看，怕儿子一家回来了，饺子还没煮好。

日头都要歪了，冬天的日头，头一歪，就到了西山上。三个箅子上的岁饺子还没煮，鼓鼓的元宝形也软塌了，有的渗出了菜水，糊在箅子上。

老太太裹了围巾，咚咚出去了。到巷头小卖部打电话去了。终究还是忍不住。

回到屋里，老太太抹着眼皮，软软的声音，煮吧，咱先吃，娃说让咱先吃，有空就回来咧。

老太太没说，娃还说一个冬至，又不是过年，回来干啥啊，忙得顾不上。

煮好了饺子，老头子献了天地神，献了祖宗。老太太给狗扔两个，给猫扔两个，又在厦坡上扔了几个，给喜鹊麻雀吃的。老太太说，吃岁饺子了，冬至了。

　　吃着饺子，老太太问，好像盐放少了？

　　老头子说，可能是油少了，吃着不香。

　　老太太老头子都觉得饺子不香，寡淡淡的。